DENMA

THE
QUANX

3

양영순

네오카툰

chapter .11

식스틴

후우우우…

고생 많았습니다. 수고했어요, 아셀 군!

아, 네…

잘 지내요. 참, 될 수 있으면 입에 술 대지 마시고요, 누님!

?

!

빵 잘 받았다, 친구야!

이건 아무리 먹어도 질리지가 않아!

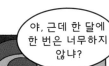

야, 근데 한 달에 한 번은 너무하지 않냐?

내 월급 뻔히 알면서…

그나저나 어때? 연구는 진전이 좀 있어?

100여 명의 박사들이 밤잠 설쳐가며 올인하고 있거든요.

당신 사정은 내 잘 알지만 제발 보채지 좀 말아 주세요, 응?

끄아…

만날 그 소리…!

역시 안 되겠어. 조공이 너무 약해.

잠 못 자는 형님한테 빵은 한 달에 최소한 두 번 이상 바칠 것! 이상!

6

쓱 쓱 쓱 쓱

촤아아아

촤아아아

이델 저 자식…

얼마나 또라인지 얘기해줄까?

사제 나이 열세 살…

그러니까 속세 나이로는 열여섯에 있었던 일이야.

동방 태모신교, 제17지구 사제학교

야! 이게 바나나야?

지… 진짜야. 매점에 초코 우유만 남아서…

이거 저 녀석 머리 위에 띄워.

잘 들어! 내가 말한 건…

둥실

어어…

바나나 우유라고!

탁

퍽

!

정말이야.

스응

이게 오늘 마지막 바나나 우유라고.

뭐야, 넌? 왜 끼어드는데? 나랑 한번 붙자고?

그… 그럴 리가… 감히 우리 학교 짱에게…

담임이 오 군을 데려오라고 해서 말이야.

아하하… 그럼, 수고!

이델, 저 범생이 자식… 기분 나빠!

GYM

삼촌!

생각해봐.

이 우주가 얼마나 넓니?

사랑받아야 할 아름다운 존재들은 또 얼마나 많겠어?

네, 네! 먼저 좀 가라 앉히시고요.

그러니 이델! 넌 연구소에 가지 말고 사제의 꽃, 수호 사제가 되는 거다!

아름다움에 둘러싸인 판타스틱 아이디얼 라이프!

이 팔뚝을 봐! 가슴이 뛰지 않니?

아, 터질 것 같은 이 자존감!

자의식에 과부하가 걸렸어.

근육을 혐오합니다.

닥쳐! 이 철부지 깽깽이 놈아! 근육 없인 사랑도 없다!

최악이야.

과학원 입학 원서, 내 것도!

스윽

삼촌, 난 그냥 살아 있는 동안 이 우주에 대해 더 알고 싶어.

누굴 지킨답시고 더 큰 세상을 놓치긴 싫다고!

나 자신조차도 지키기 힘든 세상에 누가 누굴 지켜?

그런 의미 없는 일에 내 짧은 인생을 낭비하고 싶지 않아!

수호 사제? …말도 안 돼!

그래, 그때까지… 아마 본인도 똘끼가 있다는 걸 잘 몰랐을 거야.

그러다 일이 터졌지.

그러니까…

그동안 여러분과…

사제 학교장의 퇴임식이 있던 날이었어.

그 자리에는 몇 년 뒤 종단 수석 무녀가 될 예비 데바(DEVA)들도 참석해 있었지.

퇴임하는 교장에겐 미안했지만 그날 학교는 몹시 들떠 있었어.

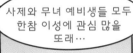

그럴 수밖에!

사제와 무녀 예비생들 모두 한참 이성에 관심 많을 또래…

서로 마주하고 섰으니 오죽했을까?

그렇기 때문에…

야! 야! 교장 선생님 말씀하시는데 누가 큰 소리야?

여러분들은 희생과 봉사 정신으로…

아, 개소리 집어치워!

사제단 훈도들의 제지에도 아이들은 아랑곳하지 않았어.

쟤 말이야! 갈색 머리… 귀엽지?

13

그 와중에 아까부터
한참 동안 미동도 없이

앞을 응시하던
그 녀석이 있었지.

놈의 시선을 사로잡은 건…

맞은편에 서 있던 무녀!

?

!

야...

!

어머! 뭐니?
뭐니?

나한테
왜 오는데?
왜 오는데?

저게 더위를
처먹었나?

마! 제자리로
안 돌아가?

그러고는…

똥끼 작렬!

따악

맙소사! 그 얘기 들은 적 있어. 그게 저 친구였단 말이야?

순진한 얼굴을 쓴 마초가 놈의 실체지.

학교가 발칵 뒤집혔겠구만.

웬걸?

오히려 학교는 교장이 바뀌는 어수선한 분위기에 있었던 우발적인 해프닝 정도로 덮으려 했어.

오늘 날씨… 더웠잖아? 응?

뭐…

그런데 아이들에겐 그게 아니었지.

우와! 완전 또라이! 최고!

오늘부터 네가 짱 먹어!

아무도 건들지 못할 영웅이 된 분위기…

……

흥!

물론 학교장이 새로 부임하기 전까지 말야.

관료주의 꼰대였던 새 교장이 부임 후 가장 먼저 한 일은

이놈은 흡연…

요놈은 음주…

문제의 싹이 보이는 아이들을 솎아내는 것이었어.

당연히 블랙리스트의 꼭대기엔 이델이 있었지.

푸하하하… 조회 시간에 무녀에게?

이건 뭐 완전히…

미친놈…

수… 수강 신청 뭐 했어?

프로그램 언어? 왜? 해킹 기술 배우게?

과학 영재의 기본 소양이랄까?

이델 군!

그리고 얼마 뒤 교장의 처벌이 내려져.

처벌?

정화원 말이야.

아, 그 잔반 처리소?

ㅈ ㅈ ㅈ

종단내 사제 학교 문제아를 길들이는 장소…

모태경 낭독과 암기를 통해 사제의 태도를 재정비한다는 명목 아래…

남기면 독방이다.

각 학교에서 쓰고 남은 폐기 직전의 식재료를 모아 거의 종일 먹이지.

먹는 거야, 뭐든지.

우에엑!

맞지 않으려면, 독방에 갇히지 않으려면,

굶어 죽는 기아들이 얼마나 많은데 음식 귀한 줄 모르고…

퍽

퍽 퍽

이유 없는 반항,

신앙에 대한 의심,

쓸데없는 감수성,

질풍노도의 열정까지 전부 먹어치우는 거야.

이봐, 햄 사도! 자네 참 집요하구먼.

도대체 그 문제아한테 왜 그렇게 집착하는데? 말 못 할 관계라도 돼?

그… 그럴 리가요, 교장 선생님! 전 단지…

그 아이의 재능이 아까워서…

과학원 원서까지
별문제 없이
받아냈었거든요.

짜식이… 그날
더위만 먹지 않았어도…

삼촌이었던 담임의
끈질긴 설득과

학교의 자랑이
될 거라 확신합니다.

물밑 작업으로…

더위에
요즘 입맛도
없으실 텐데…

스윽

사과가 얼마나
잘 익었는지는
내 차차 확인해
보도록 하고…

그 녀석 때문에
문제 생기면 자네가
다 뒤집어쓰는 거야!
알겠어?

아… 아하하…
그… 그래야죠.

간신히 1년 만에
학교로 되돌아온 아이,

츠즈

턱

더 이상
똘끼를 감춘 마초는
거기 없었어.

헤헤… 삼촌!

채워지지 않는 게
아니라 채울 수가
없었겠지?

아무렴!

첫눈에 반했다고
다짜고짜 입맞춤하던
그 무시무시한
똘끼가

그깟 살덩어리로
눌리겠어? 그러니
아무리 쑤셔 넣어도
모자랄 수밖에!

아이들은 놈을
따돌리기 시작했지.

아, 냄새나!
저리 가서
처먹어!

그럴수록 녀석은
점점 더 무력해져
갔고…

퍽

크흐흐…
꼴좋다!

그렇게 뭔가
일단락되는 듯
했어.

ZZZ…

그러던 어느 날,

앗싸! 뚫렸다!

푸흐흐흐…

아우야, 이 형님이 지금 어디에 들어와 있는지 아니?

무화원 무녀 블로그…

크크크… 얘네들도 노는 게 우리랑 비슷하구나.

어? 얘는…

야! 이 무녀, 네가 전에 입 맞췄던 걔 아냐?

스윽

으허억!

거기 있었어.

BLOG

넬의 패트론

처음 본 그날 이후, 지금까지 녀석의 머릿속에서 단 한 순간도 떠나지 않던…

바로 그 사람…

다음은 넬!
넬은 어떤 패트론*을
만나고 싶어?

응, 우선
친절하고…

어디…
무슨 얘길 하나
좀 들어볼까?

!

무엇보다…

*패트론: 후원자

날 한 팔로 번쩍
안아 올릴 수 있는
짐승남!

푸하하하…
얘, 정말 귀엽다.

꺄아아아…

나도 이참에 이런
귀염둥이들 시중드는
수호 사제나 될까?

그 순간…

놈이 아직 먹어
치우지 못한

가슴 속의
작은 불씨 하나에

불이 붙지.

26

뭐야? 왜 내가 너 같은 또라이랑 한 묶음인 건데?

아하하… 아무렴. 잘 부탁해…

하여간 여기 생활에 걸림돌만 돼봐. 가만 안 둬.

신입 데바들과 예비 수호 사제들 간의 임시 매칭이 있는 날,

데바 한 사람당 수호 사제 2~4명, 종단의 기본 편제에 대비한 임시 구성이라고는 하지만

그 상태로 정식 편제에 이르는 경우가 흔하다 보니 사제나 데바 모두…

꽃미녀! 꽃미녀! 꽃미녀!…

매칭에 대한 기대와 설렘을 갖게 되지.

꽃돌이! 꽃돌이! 꽃돌이!…

가브리엘! 시므이!

옛썰!

데바와 사제의 매칭은 대릉원 메인컴퓨터의 무작위 조합으로 이루어지는데…

반갑습니다. 데바, 제니 선녀예요. 잘 부탁해요.

므… 뭇시엘!

제기랄! 컴이 바이러스에라도 걸린 거냐?

이날 녀석은 그곳의 어느 누구보다도 긴장하고 있었지.

물론 나름의 준비는 모두 마친 상태였어.

아… 안녕하세요. 데바님, 이… 이델이라고 합니다.

그런데… 매칭에 변화가 생기는 경우가 있지.

!

꺄아아!

탓

맞죠? 그때 그 불한당!

싫어요! 물러가세요!

데바가 매칭을 거절하는 경우와…

자, 조 구성에서 탈락한 녀석들은 이쪽으로…

자, 자! 너무 기죽을 것 없어! 거부당하는 건 언제든지 일어날 수…

… 밖에 없는 너희들 꼴 좀 보란 말이야!

내가 데바님이었으면 너흰 바로 처형이야, 이 자식들아!

나 같은 매력남이 되라는 얘기가 아니야! 왜? 너희에게 그건 불가능하니까! 난 단지…

그래, 짝짓기는 다 끝났어?

앗! 아세라 님! 아, 아직 마무리가…

야, 이 녀석 욕심나는데… 나한테 넘겨!

싫어요!

!

뭐야, 이 꽃돌이는? 왜 거부당했을까?

좋아, 내가 거둔다.

따라와.

데바에게 지목을 당하는 경우지.

아마도 그 순간, 녀석의 머릿속은 하얘졌을 거야.

2년간의 기다림이 전혀 다른 방향으로 흘러가게 됐으니…

네의 다이어리

꺄아아...>O<
슈의 티라미수!
또 먹어 싶어!!!

@**$%(*&^%$

꺄아아...>O<
슈의 티라미수!
또 먹어 싶어!!!

@**$%(*&^%$

싫어요!
물러가세요!

후우우...

그때 그 무녀?
이 고양이가
지금 어느
부뚜막을...

어쩌긴 뭘 어째?
당장 접어야지!

마! 몬스터와
무녀는 우리 영역이
아니야! 무녀가
사제를 데리고
논다고 해서

사제가 무녀에게
들이댔다가는

바로 끝장이야!
종단 제1금기라고!
아무리 급해도
그렇지. 무녀를...

조금만 참아!
삼촌이 참한
여신도 중에서
골라줄 테니까!

그나저나
내가 준 팬티!
지금 입고 있지?

......

도대체...

이놈 자식이...
주임 데바가 널
물었다며? 널 가만
둘 것 같아?

그 여자 무섭다고!
한번 노리개로 찍히면
끝장이야! 당장 입고
내가 시키는 대로 해!

어이, 새끼 사제!
아세라 님 호출이다!

최선을
다하도록!

어디 우리 강아지…
주인님 어깨 좀
주물러볼까?

뭐 해, 어서!

덜컥

벌써 가니?
오냐, 수고했다.
문 닫고…

휴우우…
고마워, 삼촌!

이거야 원…

간만에 새 장난감
하나 생기나 했더니…

매칭 데바에게
거절당한 이유가…

게이라서였어?

아, 게이 사제…

아쉬워. 저런 꽃돌이가…

좀 이상해. 게이라면서 왜 내게 입맞춤을…

원래 저 사람들 감수성이 좀…

미에 대한 열정? 예쁜 걸 보면 못 참는 거…

그… 그런 거였나?

하긴 내가 좀 예뻐야지…

!

얘기 꺼낸 내가 나빠.

부릅

그런데 말이야…

푹!

게이들은 사랑을 어떻게 나눈대?

그 순간…

꺄아아…

녀석은 모든 게 다 끝나버렸다고 생각했지.

오, 맙소사! 이 녀석 눈시울 좀 보게!

돌겠네, 정말! 남자가 눈물을 보일 때는

눈앞의 여자가 넘어올락 말락 할 때뿐이라고 했거늘…

37

좋아. 일단 그 데바에게 가서 무례했던 일 정중히 사과해.

적어, 이 자식아! 적어!

말만으로는 안 돼. 일단 편지에다 손으로 직접 쓰는 거야.

글씨는 반듯하되 맞춤법은 간간이 틀리는 게 좋아.

진지한데 귀엽고 어리숙한 느낌, 응?

편지는 100%, 사죄하는 데 포커스!

쓸데없는 감정 표현 썼다간 나한테 죽는다!

그리고 편지는…

꽃다발, 달콤한 케이크와 함께 전달! 또…

명심해! 이건 지금 사랑의 카운슬링이 아니야.

데바와 사제, 주종 관계를 회복시키려는 노력이라고!

아, 케이크… 삼촌, 나 돈 좀 빌려줘.

뭐야, 이거… 갑자기 송수신 상태가… 여보세요? 내 말 들려?

수군   수군

!

뭐야, 무녀님들 기도실 앞에 떡하니 버티고 서서… 비켜!

턱

잠시만요! 제게 무슨 용무라도…?

네… 넬 데바님께 예전의 무례함을 사죄드립니다.

용서를 간구합니다. 뭇시엘!

사제님의 마음을 태모님께서 기쁘게 받으실 겁니다.

용서를 얻으셨으니 이제 그만 일어나 현장으로 돌아 가세요.

이… 이거 데바님께…

Sue

감사합니다. 그럼 이만… 뭇시엘!

……

하악 하악 하악

이것들 봐라! 이따위 저질 체력으로 무녀님들을 어떻게 지키겠다고?

밤잠 안 자고 뭘 했길래 이것들이 아침부터…

다시! 선착순!

하아

하아

하아

이델 군, 괜찮아?

크흑! 갑자기 무슨…

망나니 패트론, 후사딘 남작이 담당 데바님들을 돌려달라고

직접 쳐들어 왔어!

남작의 거친 등장에 이델을 포함한 사제 수십 명이 다쳤지.

보험 처리 된다니까 이 녀석들 전부 외부 의료원 특실로 보내!

아니지! 이건 아니지!

매달 후원금은 꼬박꼬박 챙겨가면서 내 무녀들을 데려가버리면…

나보고 손님 접대를 어떻게 하라고?

아, 그게 그러니까… 의료국에서

무녀들에 대한 역학조사 결과가 아직…

그게 벌써 한 달이 넘었잖아! 그럼 보충이라도 해주든가…

당신들 내 사업 망칠 셈이야?

아, 됐어! 됐고요! 무녀들 명단에서 내가 직접 골라 새로 데려갈 테니 그렇게 아쇼!

그건 좀…

그건 좀, 뭐? 당신들은 니네 하고 싶은 대로 하잖아!

이참에 확 누트 대신교로 개종해버린다!

……

우선 종단 사무국에 연락을…

43

시야가 흐리니까 가장 아쉬운 건…

모태경을 볼 수가 없다는 거네요. 이러다 제 불안한 신앙이 사라져버리면…

혹시 실례가 안 된다면… 시력이 회복될 때까지만

모태경 낭독을 부탁드려도 될까요?

……

네, 물론이죠!

감사합니다, 데바님!

태모님께 제 거짓을 용서 구합니다, 뭇시엘!

저, 사흘 후 아그네스 주교님께서

남작님을 직접 만나시겠다고 합니다.

아, 이 사람이… 당신 왜 쓸데없이 일을 키워?

그냥 내가 알아서 챙겨 가겠다는데…

주교가 오셔도 내 생각은 변함없어!

어제 밤새 골라놓은 무녀들이야. 이 친구들 무조건 데려갈 거니까 그렇게 아셔!

이델 사제님,
좋은 아침…

!

거기 귀여운
무녀님은 누구…

… 신지 바로
알겠네요.

네?

사제 학교의
햄입니다.

집에 있는
고양이가 기어이
미쳐서
전 이만…

아! 나
뇌진탕!

나한테 반드시
전화해, 제자야?

꽉

와, 아하시야!
이 많은 걸…

네, 선생님.

제가 좋아해서요.
사제 학교 친구들이…

저도 이 꽃
굉장히 좋아해요.

꽃말이
금단의 사랑
이라나 뭐라나?
아하하…

흠…

넬의 다이어리

Z용 님의
새 앨범 ㅜㅜb
태모님 몰래
Z용 님 찬양!

넌 나의 지구완전체 더 펄픽 펄픽…

내 곁에…

그녀가 지금 내 곁에…

제 소원 중에 하나가 Z용 님을 직접 뵙는 거예요.

궁금해요. 어떻게 이런 아름다운 음악들을 만들 수 있는지…

틀림없어요. 이 천재 아티스트의 영혼이 그만큼 아름다운 거라고요.

아, 지금 당장이라도…

기억해? 태모성탄제 때 일어났던 가수 Z용 실종 사건?

그래! 행사 도중에…

물증은 없지만 심증은 있지!

틀림없이 이델 그놈과 연관이 있어!

서… 설마…

참, 이제 시력은 완전히 회복되신 건가요?

아! … 그… 그게 보였다 안 보였다 해서요. 아직은…

천천히 회복하세요.

저 왠지 사제님과 함께 있는 요 며칠이 너무 즐거워요.

두 근

내 말 똑똑히 들어!

안 돼! 더 이상 그 무녀랑 엮이려고 하지 마! 그만둬!

삼촌!

내 말 끝까지 들어, 이 자식아!

수호 사제가 무녀를 마음속에 품게 되면

지옥을 경험하게 된다! 그러니 당장 그만두라고!

삼촌이 걱정하는 것보다…

훨씬 더 많이 그녀를 좋아해.

이만 끊을게!

야! 야! 야, 임마…

후우우…

사제님과 함께 있는 요 며칠이 너무 즐거워요.

정말 놀랐다니까! 블로그에 올린 심정들이 다음 날이면…

게이라서 그럴까?

같이 이야기하다 보면 시간 가는 줄 모르겠어.

게다가 취향이 어쩜 나랑 똑같은지 동성 친구들과는 다른…

너 그러다 게이라 서운하기 까지 하겠다.

……

!

넬의 다이어리

블랙! 설탕은 일곱 스푼! 설마... 나처럼 마시는 사람은 또 없겠지? ㅋㅋ

헉! 일곱…

좋은 아침… 앗! 위험해요!

괜찮아요. 잠시 시력이 회복돼서…

커피…

같이 드시죠.

설탕 넣으시죠? 전 좀 많이 넣는 편인데…

얼마나 넣어 드시는데요?

일곱 스푼 정도…

이델 사제님, 사제가 무녀들 블로그 같은 거 훔쳐보면 안 된다는 것 모르세요?

앞이 안 보인다는 것도 처음부터 거짓말이었죠?

뭐죠? 도대체 저한테 왜 이러세요?

네?

51

사람 가지고 노는 게 취미예요?

제가 그렇게 만만해 보이던가요?

무녀를 대할 때는 사제로서 지켜야 할…

사랑합니다.

……

네?

처음 뵈었던 그 순간부터 무녀님을

가슴속에 품게 됐습니다.

저는 넬 데바님…

당신을 사랑합니다.

……

그… 그게…

그게 대체 무슨 말씀이세요?

사랑이라뇨? 사제와 무녀 사이에… 게다가 사제님은…

저 게이 아니에요. 단지 오해가 있는 것뿐입니다.

정화원이란 곳에서 모태경을 스무 번도 넘게 읽었어요.

그 어떤 구절에서도 사제와 무녀의 사랑을 금하는 내용은 본 적이 없습니다.

어디까지나 종단의 질서를 위해 지켜져야 할 금기 사항…

그건 모태경과는 관계없어요.

사랑을 널리 전한다면서 정작 본인들의 감정은 묵살시키는 게 과연 옳을까요?

사랑이 질서를 무너뜨리나요?

근거도 없는 이상한 규칙에 압사당할…

그만하세요!

사제님은 주임 데바님의 수호 사제시잖아요!

그런 본분을 잊고 제게 이러시면 안 되죠!

못 들은 걸로 하겠습니다. 그럼 이만!

데바님…

사랑요? 저에 대해 뭘 아신다고 그런 말씀을 하세요?

설령 사랑할 수 있는 관계라고 해도…

사제님은 제 타입 아니에요.

탕

태모님의 가호 아래…

뭇시엘!

오랜만에 뵙네요, 후사딘 남작.

무녀들을 직접 골라 데려가시겠다고요?

아… 네… 네! 아그네스 주교님.

사업 진행에 어려움이 많아 부득이하게…

원하시는 무녀 중에는 아직 남자를 모르는 예비 데바들도 몇 있던데…

괜찮겠습니까?

아하하… 제겐 다양한 취향의 사업 파트너가 있어서 오히려…

그럼 그렇게 하시죠. 남작, 다른 패트론들께 이 사실이 알려지면

종단의 입장이 무척 난처해지는 건 잘 아시죠?

여부가 있겠습니까? 주교님께서 이렇게 배려해주시니

황송할 따름이지요. 입단속 철저히 하겠습니다.

지금 의료국에서 치료받고 있는 남작 무녀들의 상태를 보니

사업 파트너 중에 꽤 거칠게 노시는 분이 있는 것 같더군요.

아… 다소 거친 친구가 하나 있습니다. 공교롭게도 가장 큰 거래처라…

앞으로는 주의토록 하겠습니다.

무녀 몇쯤 어떻게 되는 건 크게 상관 없습니다.

하지만 그로 인해 남작의 명성에 누가 될까 그게 걱정 이네요.

……

응?

뭔가 방법이 없을까, 삼촌?

없지! 스토킹은 우주 막장, 네 스스로 상황을 완전히 쫑 내버렸어! 꺄하!

잘했어! 앞으로 이 삼촌에게서 보다 상식적인 연애를 배우면 돼!

아, 이제 두 다리 쭉 뻗고 잘 수 있겠다. 퇴원 축하한다! 이만 끊을게!

사… 삼촌! 삼촌!

남작이 요구한 무녀 중에는 예비 데바들도 있는데요.

주교님이 허락하셨답니다.

넬…

이런 아이들이 후사인 남작한테 가서 버틸 수 있으려나?

하긴… 못 견디면 그걸로 끝인 거지. 뭘 어쩌겠어?

무녀팔자… 별수 있나?

홍!

무녀 몇쯤 어떻게 되는 건 상관없다고?

이 시건방진! 말을 빙빙 돌려가며 감히 나를 압박해?

챙

기껏해야 신전 창부 주제에…

좋아! 이번에도 내 친구들과 거칠게 놀아주지!

내 명성에 누가 될까 그게 걱정?

어디… 이번엔 또 어떻게 나오는지 볼까?

넬 데바님께
또다시 이런 사과의 글로
시작하는 편지 죄송합니다.
제 무례한 행동...

......

후우우...

꾸깃

... 이상!
점호, 끝!

... 그럼 뭐야?

킥킥킥...
주임님 수호 사제만
결석이란 얘기죠!

아, 이런!
어제 병원에서
퇴원했잖아?

죄... 죄송합니다.
새끼 사제에게 오늘 조례
점호 이야기는 분명히
전했습니다만...

데바님, 주임님 성격
정말 좋으신 것 같아요.

지금 굉장히 화낼
상황 아닌가요?

화낼 상황이죠.
하지만 이건 저분이
정해놓은 범주
안의 일이라 저런
반응이신 거예요.

가끔 저희 태도가
주임님께 무례하다고
느끼지 않으요?

아...

그건 저분의 룰을
알고 있기 때문에 가능한
어리광일 뿐,

만일 그걸 모르고
누군가 아세라 님이
정해놓은 울타리를
넘게 되면

그걸로 끝이에요.
따뜻해 보이지만 무섭도록
차가운... 주임님은
그런 분이세요.

아니야.

여기 있어.

내가 직접 가보고
올 테니...

ㅋㅋㅋ…

뭐야, 이델 군…

나를… 조롱한 거였구나, 너!

넬 데바를 마음속에 품고 있었네.

ㅋㅋㅋ…

게이가 아니었어?

게다가…

사제 따위가 감히 무녀를?

스윽

우리 귀염둥이가 울타리를 아주 훌쩍 뛰어넘어버렸어.

사제가 무녀를 가슴에 품으면 지옥을 경험하게 되지.

ㅋㅋㅋ…

ㅋㅋㅋ…

그래, 이델 군! 온몸으로 느끼게 해줄게.

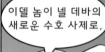
이델 놈이 넬 데바의
새로운 수호 사제로,

그래서…
어떻게
됐는데?

남작 일행에
합류하게 됐지.

주임 데바의
결정이었어.

아세라님!
제 의향은 묻지도
않으시고…

전 이델 사제의
보호 같은 건…

네 의사는 필요없어.
이건 명령이야.

그곳 생활에
대비해 마음이나
단단히 먹어!

주임의 결정에
가장 놀란 건
녀석이었는데…

내가
넬 데바님의…

수호 사제…?

속으로는
더할 나위 없이 기뻤지만
역시나 껄끄러운 상황…

엇? 뭐야,
이건?

제기랄!
너 이 자식, 날 노리고
있었던 거지?
당장 꺼져!

물론 이것이
주임 데바의 분노
때문이었다는 건
누구도 알지
못했어.

아이들이
그곳 생활에
익숙해질 때까지
머물다 와.

주임 역시 그 일이
어느 정도의 파국으로
치닫게 될지는 전혀
예상 못했지.

그저 잔인한 현실을
맞닥뜨리게 될 철부지 소년이
거기 있었을 뿐이야.

츠츠츠

모두 주목!

우선 후원자의
사유재산에 그 어떤 손실도
입혀서는 안 돼!

웅성 웅성

이곳은 패트론의
사유지 안, 아주
특별한 상황이야!

그럼 아까처럼
개들한테 그냥
물어뜯기라는
건가요?

각자 개인기로
요령껏 알아서들
해!

절대로
패트론 측과 마찰을
일으켜서는 안 된다!

이를 어기는 경우,
종단 감찰단의
처벌을 받게 돼!

이걸 달고
계시면 머리는
안 물어요.

옛썰!

모두들…

아, 예에에에…

데바님들의
생사와 관련된
극한 상황
이외엔…

낯선 환경에
바짝 긴장하고
있었어.

치익

무슨…

여러분들을 각종
우주 질병으로부터 보호하려는
남작님의 배려예요.

데바님들 끝나면
쿵이 아닌 사제님들
모셔 와.

네, 의원님.

여기 오시는 사업가들이
어떤 질병에 노출돼 있을지
모르는 일이니까…

뭐야?
새삼스럽게…

그건 태모신교
무녀들의 역할 중
하나일 뿐이야.

종단 봉사단에서
제공하는 당장의
죽 한 그릇…

너도 굶주림 때문에
무녀가 됐을 테니
그런 사정은 누구보다도
잘 알 거 아냐?

후원자들의 도움이
절대적으로 필요하지.

나와 내 형제자매들이
굶지 않는 이유라고.

그러니 그분들의
요구에 최선을 다해
응하는 거야.

우리를 통해 태모의
사랑과 자비를 늘
기억하게 해야지.

잊지 말라고!
아무리 힘들어도
그분들 앞에서
미소를 잃지 마!

그분들을
잊지 않으려면…

어디…

남자를 알지
못한다는 친구가
이 셋인가?

그럼 손님들
들이닥치기 전에
알려줘야겠네.

자, 누굴 먼저…

그래, 이 아이부터
시작하지!

61

짹 짹…

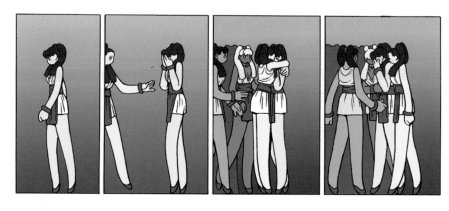

그때였을 거야.

자신이 소풍 나온 게 아니란 사실을 깨닫게 된 게…

뭐?

이 자식이 뭐라는 거야?

너 뭘 배웠어? 데바님들 월급으로 먹고사는 수호 사제 주제에…

그분들 헌신에 감사할 줄 알아야지!

아…

감히 무녀님들 일에 왈가왈부는…

……

마! 이델, 너 지금 내 말 듣고 있어?

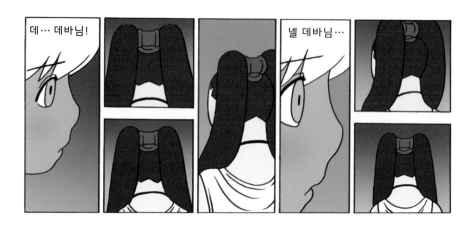

데… 데바님!

넬 데바님…

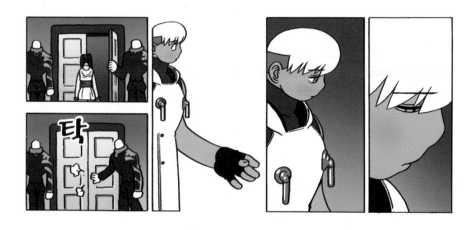

탁

아, 돌겠네!

OFF

어딜 가면 간다고 얘길 해야지, 이 망할 놈!

설마 아세라 주임…

강제 접속도 안 되고…

ㅋㅋㅋ

제기랄! 새끼 수호 사제까지 전출을 보내는 건 대체 무슨 심보람?

그 여자 결정인가?

드

드

드

컹

컹

컹

컹

컹

이것들이 아주 떼로 몰려 드는구먼!

퍽

퍽

퍽

퍽

퍽

친구야, 미치도록 보고 싶었어!

마! 삼단봉으로 때리면 어떡해!

귀한 몸이 직접 가셔서 무녀들을 모시고 왔다고?

하여간 젯밥에만 관심 있지? 이 빌어먹을 베스트 프렌즈!

우리 무녀님은 성함이?

이… 이유라고 합니다.

무녀님 성함은…?

전 오늘 이유 님께 신앙고백을 하고 싶네요.

푸하하하…

하여간 이 녀석 노는 것하고는… 벌써 취했어?

왜? 내가 어때서? 사랑 앞에서 난 순수하다고!

순수? 후사딘의 개가 웃겠다.

정말 기분 더럽네! 젠장! 이게 무슨 꼴이람?

기껏 이따위 짓거리에 동원 되려고…

까아아! 너무 짓궂으세요, 장군님!

하지만 신앙에 대한 제 열망은 진지하답니다.

67

자, 자!
밤도 깊었으니 이제
각자 예배 시간을
갖자고!

하루…

하루…

그렇게 시간이
지나면서…

이봐! 오늘은
같이 예배
드리자니까!

야! 그러지 말고
애들 다 불러! 오늘은
부흥회다!

삼촌이 말한
지옥이

어떤 의미인지
알게 된 거야.

그리고…

푸하하하…
오늘 신앙심
최곤데!

호… 호르마가 왔다고?

타 닥

제기랄! 그놈과는 마주치고 싶지 않아! 바로 여길 뜨자!

아… 안녕, 무녀님들!

후 다 닥

호르마라는 자의 전적이 무녀들의 귀에 들어가게 되자…

모두들 극도로 불안해졌어.

자네만 따돌리다니… 무슨 그런 서운한 말씀을!

최고를 모시는 데는 많은 준비가 필요한 거잖아!

찰 칵

이렇게 하자. 지난번 일도 있고…

앞으로 1년간 너한테 거래 독점권을 줄게.

대신…

여기 오면 정말 원 없이 놀 거야.

마치 내일 당장 죽을 놈처럼 말이야.

놀아! 미친 듯이 놀아!

그거야 빌어먹을 내 최고 파트너의 당연한 권리지!

……

우주 역병의 징후?

따악

어처구니없는 얘기로구만.

.....

서... 설마...

얘기했잖아! 개또라이라고!

티엉

홈...
이 풋풋한
살 냄새...

그래, 너부터
시작하자.

꺄아아...

!

뭐야, 넌?

후사딘 남작님의 허락으로 호르마 님의 개인 예배를 맡게 된 이델 사제라고 합니다.

!

72

싸아아

싸아아

싸아아

오늘 아침
조례는 이것으로
마칩니다.

뭇시엘!

웅성 웅성

웅성

웅성

웅성

태모님 사랑
가득한 하루,
뭇시엘!

후우우우…

짜악

끼익

조례에 늦었습니다. 죄송합니다.

탁

아주 제멋대로구먼!

턱

… 고생했다.

뭇시엘!

뭇시엘!

뭇시엘!

뭇시엘!

스윽

커피는 제가 타드릴게요. 앉아 계세요.

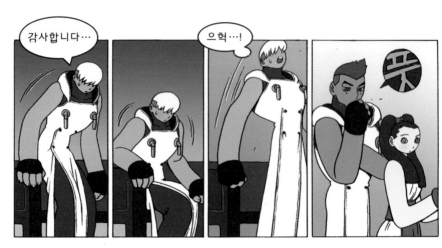

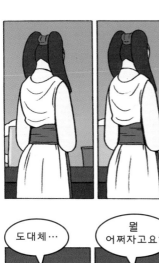

도대체…

뭘
어쩌자고요?

도대체
뭘…

어쩌려고요?

아, 이 자식이
눈치 없게…

설탕 빼!

사랑할 수 없는
아이들…

그래서
받은 상처가
더 큰 아이들이
거기 있었어.

그래서 놈들을 붙들어 맬 그런 대형 사고가 필요한 거지.

흥! 그까짓 푼돈… 패트론 제도의 진짜 목적을 알게 되면 그것들 아마 까무러칠걸!

그러니까 일 터지면 겉으로는 사건을 덮는 척 하면서 밑으로는 티 안 나게

뭐, 다들 우리가 전하는 경고를 금방 알아들을 거야.

이것들이 우리가 돈 때문에 후원자를 찾는 줄 알아. 아주 기고만장이야!

그놈들 눈과 귀로 들어가게 해.

옴짝달싹 못하게 놈들을 움켜잡아야지.

하지만 그런 일이라면 경험 많은 사도들도 즐비한데 굳이…

그 꼬마에겐 이야기를 마무리하는 역할이 주어져 있어.

사제와 무녀의 금지된 사랑으로 태어나 그 즉시 소각로로 보내졌어야 할 아이…

그러니 그 정도 임팩트는 있어야 돼.

그 아이가 사제로 성장해 얄궂게도 다시 무녀와 사랑에 빠진다…

그래, 역시 이 녀석이라니까!

참, 이번 일을 계기로

가슴에 작은 분열의 씨앗을 숨기고…

아들은 이야기의 마무리를…!

아버지는 새로운 이야기의 시작을…

아이의 아버지는 다시 검은 사제단에 복귀할 거야!

그게 나중에 있을 새로운 이야기의 발단이다!

이것이 그들의 운명!

푹

이 향기… 데바님
머릿결에서 나던…

주무세요?

!

잘 먹을게요!

아…
네!

설탕은
일곱 스푼
넣었어요.

뻥이야!

아하하…

제겐 돌봐야 하는
동생들이 있어요.

무녀가 된 것도
그 때문이고요.

그래서 사제님
마음은 받을 수가
없답니다.

아, 우리 그냥
다른 팀들처럼
사이좋은 오누이
분위기로
지내요.

사랑, 그런 거
지금 저한테는
너무 무겁다고요!
싫어! 싫어!

어?

81

우와, 굉장해…

무녀가 안 됐다면 엄마처럼 우주 여군이 됐을 거예요.

어릴 때 꿈이 제 이름이 새겨진 우주 전함을 갖는 거였거든요.

무서웠어요.

무녀가 해야 할 일이라지만…

정말 무섭고 싫었어요.

그런데… 저만 그런 게 아니더라고요.

무엇보다… 제 곁에서 절 지켜주는 사람이 있다는 걸 알게 되니까

이델 사제님, 지켜주셔서…

모두들 견디기 힘들지만… 꿋꿋이 이겨내고 있었어요.

두려움도 가라앉고 숨통도 트여요.

감사합니다.

아, 뭐야?
바보같이…

놀랐어요.
힘 짱! 절 한 팔로
들어올리시다니…
이델 사제님,
짐승남!

데바님은
몬스터…

네?

우주 전함…

뭐예요? 방금
저한테 뭐라고
하셨잖아요?

커피
식는데요.

아니야! 아니야!
방금 엄청 기분 나쁜
이야기 했어!

뭐예요?
뭐라고 한 거예요?

우주 전함…

아, 이 사람이…

오, 이제…
그렇게 가까워
지는 거야?

안타깝게도
두 사람의
데이트는

그게 처음이자
마지막이었어.

넬!

선배 데바들이 그녀를 불렀던 건

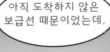

아직 도착하지 않은 보급선 때문이었는데,

남작 측으로부터는 숙식만을 제공받는 터라 개인 생필품 구입이 시급했지.

인원이 많다 보니 구입량 때문에 일이 커질 상황이었어.

이델의 차원 전환 능력이라면 간단히 해결될 문제라

넬 데바의 양해를 구했던 거야.

신경 쓰지 마세요. 몸도 불편한 사람에게 부탁할 걸 해야지. 사람들이…

……

호르마 님이 깨어나려면 며칠은 더 걸려.

그 양반 쓰는 약물 양이면 자이언트 고도 쓰러뜨리니까.

만일 행여라도 깨어나면 바로 제게 연락을…

뭐, 그럽시다. 사제님 역할도 있으니…

반나절이야. 불안해 할 필요 없어.

이참에 데바님 좋아하시는 케이크도 좀 더 사고…

한밤의 짧은 로맨스 덕에 데바에 대한 연정이 한껏 고조돼 있던 터라 외출을 자처했지.

데바가 좋아할 만한 것들을 잔뜩 사 오고 싶었던 거야.

어쭈? 오늘 얼굴에 화색 도는 것 좀 봐.

종일 땡땡이 칠 생각 하니까 마냥 좋지?

무리하지 마시고 일찍 다녀오세요.

그런데…

타다당

뭐야? 벌써
깨셨어?

허기 때문에
남작의 친구가
잠을 깬 거야.

쩝
쩝

호르마 님, 푹 주무
셨습니까? 몸은
좀 어떠신지…

쩝
쩝 쩝

턱

스
으

스
으

꺼어어

허기가 채워지자
사나운 짐승이
눈을 떴지.

！

푸흐흐…

스
으

！

빠
악

꽃? 꽃은 뭐하게?

분명히 무녀님들께 위로가 될 거예요.

너 지금 공금이라고 막 쓰려는 건…

좋아요!

그러니까 원껏 질러봐!

탁

꺄아아…!

시… 싫어요!

지켜주셔서…

감사합니다.

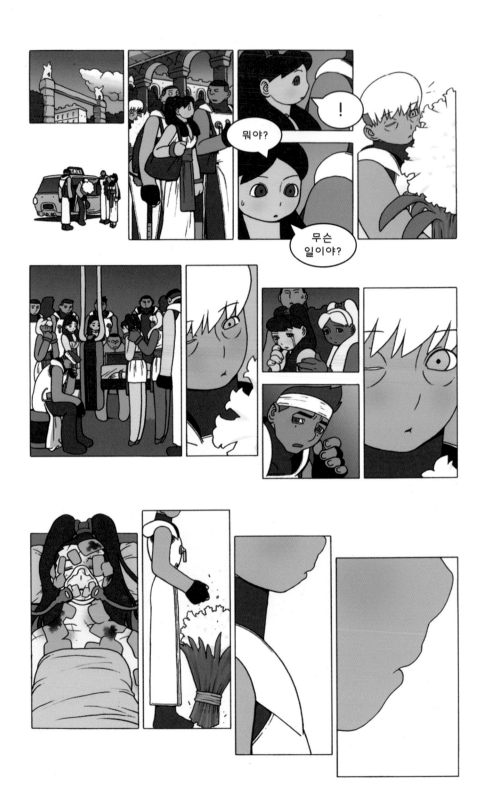

쓰레기 같은
귀족 놈들!

탕

뭐?

저게 완전히 돌았구먼!
야! 당장 다시 안 들어와?

나 분명히
들었거든!
셋 셀 동안!
하나! 둘!…

?

탁

뭐야,
이건 또…?

좌 악

밖에 뭐 해?
당장 끌고 나가!

스윽

난 사물을 평면에
구속하는 기술을
가지고 있어.

짜 아 아 악

스윽

90

너도 이렇게 충분히 나눠줄게.

물론 방금 사용한 기술 같은 건 쓰지 않을 거야.

뭐… 뭐?

이 미친놈이 뭐라는 거야?

그냥…

맨손이면 돼.

네 친구처럼…

제장…

또라이를 잘못 건드린 대가였지.

당시 넬 데바의 상태를 고려하면 적당한 응징이었을지도…

아무튼 종단이 발칵 뒤집힐 사건,

츠 우 즈

현장에 가장 먼저 도착한 건 주임 사제의 연락을 받은

이델의 삼촌, 햄 사도!

보급선에 몸을 실었던 거야.

야, 임마!

녀석은 완전히 넋이 나가 있었어.

마! 정신 차려! 나야! 삼촌!

짝

짝

이 녀석 어딜 어떻게 다친 거야?

저기… 이델 군이 다친 게 아니라…

현장을 좀 보시죠.

현장에 도착한 그는 경악을 금치 못했지.

맙소사! 대체…

이런 곳이 한 군데 더 있다고?

스 응

짝 아

이… 이델… 그 아이가…

크윽! 사… 사형!

너 이 자식! 나한테 말 안 한 거 있지? 여기서 있었던 일 남김없이…

주… 주임님! 지금 감찰단 검은 사제들이 도착해요!

염병할! 그것들도 불렀어?

제 의무니까요! 제 팔 돌려주세요!

안 돼! 그것들이 이 현장을 보게 되면 끝장이야!

즈 즈 즈 즈

좌 아 악

그가 생각한 현장 증거인멸의 방법은…

흔적을 먹어치우는 거였어.

나… 나머지… 바… 방은… 어디야?

우억

후르릅

우억

드 드 드

거… 검은 사제들이다!

그런데 현장에 도착한 감찰단 멤버 중엔 조급했던 햄 사도가 염려한 능력을 가진 이가 있었지.

아세라님도 이 사실을 알고 있는 거야?

그렇게 함부로 넘겨짚다가…

이 자리에서 바로 갈기갈기 찢기는 수가 있어.

므… 뭣시엘!

야, 너! 구슬 머리!

구슬 머리? 이 양반이 초면에…

연배 좀 있는 선배 같은데 아무리 그래도 그렇지. 감히 평사제가…

닥치고 너 말이야, 시간대별로도 기억을 볼 수 있는 거지?

아, 글쎄! 대체 뉘시냐고? 당신 나 알아?

저기…

야! 야!

히익!

잠깐, 발락이라면… 저승 사냥개, 발락?

응, 종단 3대 광견 중의 하나!

햄 사도의 본명이지!

거기서 그는…

두 가지를 보았어.

이델이 저지른 일과

이델이 겪은 일…

!

우와아앗!

사… 삼촌!

삼촌!

도대체 왜…

도대체 왜
그렇게까지…

넬 데바는
종단 의료국으로
이송되고

녀석은
종단 감찰국으로
호송됐지.

제기랄! 내가 지금 뭘 하고 있는 거지?

이대로 있다간 이델이…

짜 악

움직여!

2주일 뒤, 감찰국

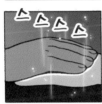
스스스스

후아아… 너란 녀석, 정말 답이 없는 놈이로구만!

뭐? 넬 데바님, 당신을 사랑합니다?

결국 데바님에게 품은 연정 때문에 패트론 일행을 그 지경까지…

발락의 조카?

… 라고는 하지만 정황으로 볼 때…

홈…

혈연이라면 우리에게 더없는 기회이겠는걸!

그게 무슨…

발락이 검은 사제단에 복귀한다면 무슨 일이 일어날 것 같아?

예?

97

뭐? 발락 선배가…?

그 자식이 여긴 왜?

떡

여어… 선배! 간만이에요. 잘 지내셨죠?

막스 선배가 출타 중이라 아쉽네.

보호자 진술 때문에 소환된 거니까

쫄지 말라고 전해.

스윽

!

떡

떡

푸하하하… 과연 저승 사냥개답네!

그래야지! 개라면 네발로 걸어야죠!

푸하하하하…

……

보호자 진술을 요청하셨다고 들었습니다만…

이번 사건에는 그런 절차가 없어서요. 굳이 이곳까지 직접 오실 필요는…

읽어! 너한테 보여줄 게 있어. 구슬 머리!

네?

텁

5년 전 이맘때, 행성 토슈카에서 있었던 일이야.

스스스

오오오… 역시 소문대로 엄청 야하신 분…

그런 건 대충 넘겨!

……

!

으으…윽!

휙

콰악

아니지! 한 순간도 놓치지 말고 똑바로 구경해!

크…으윽…

텅

발락이 왔다고?

예, 지금…

크아아… 그… 그만! 그만하세요!

끝까지 봐! 끝까지!

아, 저 양반 지금 신참한테 무슨…

됐어! 일 키우지 마.

텁

이참에 고라 군도 발락에 대해 더 알게 되는 거니까.

하아
하아

뭐 당연하겠지. 해서 말인데…

데바의 목숨을 구하려고 현장에 뛰어든 수호 사제의 결단을…

그렇게만 하면 내가 네 가족의 안부를 묻는 일은 없을 거야.

하아
하아

알아보니 이번 사건… 네 진술 비중이 절대적 이더라.

재판 때 넌 네가 본 대로만 얘기하면 돼!

네가 봤던 그대로만 얘기하면 되는 거라고!

오늘 그 이야기 전하러 절차 밟고 먼 길 왔어.

여어, 이게 누구야?

감찰단에 복귀하는 게…

어때? 조카 일 도와줄 테니까

대장님도 참, 도움은요. 이 친구가 정당방위임을 입증해 줄 텐데요, 뭘…

콱

복귀요? 제가 여기 다시 들어오면

조직이 와해되기만 할 겁니다. 그럼, 이만…

재판 앞두고 또 뵙지요. 뭇시엘!

네가 다시 들어오면 우리 검은 사제단은 완전히 무너질 거야.

그래…

그런데 그 때문에…

널 필요로 한다면?

이 시끄럽고 어설픈 연기자는 다름 아닌

감찰대장 가츠의 심복!

발락의 복귀를 위해서라면

그깟 수감 생활쯤!

가츠 대장님! 갇히는 건 저거든요.

발락이 직접 왔었다고?

한편 감찰부대장 막스…

예, 조카 일이라고. 게다가…

감찰대 안에서 가츠 대장에 맞서는 반대 세력을 이끌고 있지.

가츠 놈이 발락에게 복귀 의사를 물어?

이런 여우 새끼가 그새를 이용해…

그래서 저희 쪽에서도 발 빠르게 연락원을 하나…

심어 놨습니다.

하지만 주변의 이런 복잡한 상황에 아랑곳없이

녀석은 온통 한 가지 걱정 뿐이었어.

탕

탕

사형!

사제 이델…

와아아

우우우

환호와 야유…

하하… 이건 뭐…

당연한 판결이지. 패트론 연합을 위로 하려는 의례적인 조치니까.

뭐 종단이 그들에게 보여주는 최소한의 배려랄까…

그것은 3개월 뒤 열린 1차 공판의 결과였어.

하지만 2차 공판에서는…

사형!

조… 좋아! 역시 내 예상대로 가고 있어. 이제 2번의 항소를 통해 일어날 반전…

삼촌!

응?

2차 판결 뒤에는 걸려 오는 전화 받을 수 있대.

탕

탕

3개월 뒤 다시 열린 재판의 결과도 마찬가지!

카아! 이 맛에 법정 드라마가…

앞으로는 이 먼 곳까지 일일이 찾아오지 마. 전화로 얘기하자.

그러길래 이 자식아, 과학원 갔었으면 이런 상황은…

지금 몸 상태가 어떤지, 어디에서 어떻게 지내는지…

그리고 오에게 내게 전화 좀 달라고 해줘.

부탁이 있어. 넬 데바님을 좀 찾아줘.

야! 임마! 너 정말 끝까지…

친구를 통해 듣게 된 넬 데바의 소식에…

5개월간의 의료국 치료는 완벽했대. 그런데…

우주역병 인자 양성 반응이…

턱

흐으윽…

지켜주지 못했다는 자책이 녀석을 완전히 짓눌렀지.

속으로 삼키는 오열 앞에서 친구도 말을 잃었어.

……

크흐으… 윽…

한참이 지나서야…

그… 그래서…

지금 어디에 계시는데…?

행성 자토…

전장 호스피스 의료봉사단에…

107

맘 편히 지내. 이런 값진 선물엔 그만한 대가가 따라야지.

······

이번 사건이 오만방자한 패트론들에게 교훈이 됐다고 반기는 분들도 계시니까···

태모성탄제 특별 사면 조치 같은 방법도 있잖아.

그 아이가 탈옥 하는 일 같은 건 없을 테니···

탈옥?

예, 발락을 무릎 꿇게 만들려는 가츠 대장의 의도 같습니다.

무리수를 두는군. 하이퍼 큥도 가두는 이곳을 새끼 사제 따위가 탈옥이라니···

내부인 도움 없이는 나갈 수 없다는 걸 발락이 모를 거라 생각하는 거야?

탈옥수에 대한 자치국 처벌이 어떻게 되지?

발견 현장에서 즉결 처형 입니다다만···

그럼 그렇게 해.

예에? 그··· 그건 발락을 지나치게 자극하는 일이 아닐까요?

자극이라니··· 자치국 법령에 따른 조치인걸.

조카가 죽는다고 놈이 제 발로 복귀할 이유는 없어.

너도 알잖아. 놈이 어떤 각오로 여길 떠났는지···

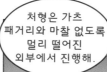

처형은 가츠 패거리와 마찰 없도록 멀리 떨어진 외부에서 진행해.

가츠 놈이 잔머리 굴릴 빌미 같은 건 완전히 없애버려야 돼.

이번 일은··· 발락에게 찢겨 죽은 영혼들을 위로하는 차원에서

찢어지는 천둥, 테아르에게 맡기도록 하지.

저기 무인 화물선 중 하나에…

타 다 닥

잠깐, 먼저 통제실로…

응?

그건 왜?

무인선들이니까 형의 해킹 실력으로

화물선 항로들을 뒤섞어놓는 거야. 그 뒤에 동시 출항하게 세팅하면

추격당할 시간을 더 벌 수 있지 않겠어?

……

제기랄! 이거 일이 커지는데…

다 됐어?

그래, 어차피 법정 탈옥의 정의인 감찰국 경계선 밖 50km만 넘어서면 상황은 끝나.

마지막 순간까지 녀석이 눈치채선 안 돼. 그러니 다소 번거로워 지더라도…

우리 항로 목적지는 어떻게 되는데?

그건 감찰국 사람에겐 말할 수 없어.

스으응

너 이 자식! 처음부터 알고 있었던 거냐?

아니, 전혀…

툭

데바님들 쓰는 향수 냄새가 나지 않아 이상했지만…

탈출 직전에 누가 내게 귀띔해줬어.

무엇보다 감찰국이 우리 같은 쾽에게 이렇게 허술할 리가 없잖아.

무슨 목적으로 내게 탈옥을 유도하고 그걸 돕는지는 모르겠지만

그런 건 아무래도 상관없어.

제시간 안에 그분께 갈 수만 있다면…

그거면 충분해.

하아

하아

크윽…

뭐…
뭐?

탈옥이라니…

그게 무슨
귀신 씻나락…

프흐흐… 이 녀석
꽤 귀엽네. 시간 좀
벌어보겠다고

화물선
항로들을 뒤섞어
놓은 모양이야.

예,
분명히…

모시던 데바님이
티라미수 케이크를 찾으셔…
라고 얘기했다고?

데바 이름이
넬이라고 했지?

어디…
종단 행적
기록부에서…

앗차차!
조만간 고라
그 자식도 여길
올 텐데…

됐어, 이 친구야!
같은 감찰국
선수들끼리

아무렴
그걸 모를까?
그냥 먼저 그놈을
발견하는 데
집중해!

그나저나
그 녀석 탈옥한
이유가 마음에
드는데

안타깝구먼.

발락의 조카라니…

당장이라도 달려가
사방으로 찢어놓고
싶은걸!

113

젠장! 놈들이 선수쳤는데요.

이거야 원… 막판에…

어쩔 수 없지. 서둘러 쫓아!

!

오, 자네! 그렇지 않아도…

도… 도대체…

탈옥이라니! 그 꼬마가 거기가 어디라고… 뭘 안다고 도망을 쳐요?

제기랄! 당신 짓이지?

이거 서운한걸!

왜? 단번에 알아맞혀서?

잘 들어! 이 여우 새끼야!

내 조카한테 무슨 일만 생겨봐. 너흰 몰살이야. 발락의 방식대로…

큭큭큭…

발락의 방식대로… 소름 끼치는걸!

역시 발락! 아직 죽지 않았어!

막스가 테아르에게 일을 맡긴 모양이야.

!

우리도 움직일 테니 자네도 서둘러.

탈옥수를 어떻게 처리하는지 누구보다도 잘 알잖아?

크흐윽…

*^$@&$!+&%^*

&^#@*?>%#

114

쓱 쓱

멈 칫

&^%$#(*&%#*
*&!!@$#&%$&

+*&^*@*+
^%$*#%@!

······

탕

발락 군이
정말 비싼
물건을
가져왔군.

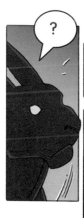

?

드르렁

푸우우

간만이군.
그래, 보고할
내용은?

!

많이
놀라실
겁니다.

툭

&^%$#(*&%#*
*&!!@$#&%$&

+*&^*@*+
^%$*#%@!

!

태··· 태모 암살?

뭐야?
이거···

도대체···
어디서
났어?

종단 관리국

행성 자토 호스피스 봉사단 말이야.

아, 정말 사람 귀찮게 하네.

뭔데?

짜증 나게 계속 구조 요청을 보내고 있어.

종단이 가족을 돌본다는 의미를 아직도 모르나? 역병 든 걸 어쩌라고?

패전 분위기라 담당국에서도 보급이 끊겼으니 둘 중 하나지.

조용히 현실을 받아들이든지, 근무지 무단 이탈로 종단의 배려를 걷어 차버리든지…

에이! 밥이나 먹으러 가자!

참, 어제 만난 여자애 어땠어?

이번 성탄제 때 데려올게.

오! 마음에 든 거냐?

제기랄! 이것들… 일부러 연결을 피하고 있어.

disconnected

안 돼! 이렇게 죽을 수는 없어!

!

역병 인자 때문에 이렇게 내치는 종단의 태도에 화가 나!

무엇 때문에 우리가 이렇게 된 건데…

이제 곧 대공습! 지금 움직이면 폭격은 피할 수 있어.

여기를 떠나자!

하지만… 무단이탈 하게 되면 가족들 돌보겠다는 약속을 취소할 텐데요.

종단이 아니어도 가족들은 어떻게든 살아갈 거야.

무엇보다 이건 태모님의 뜻이 아니야. 관리자 몇 놈의 손익 계산 결과라고.

그래요, 데바님! 우리가 희생한 대가로 보살핌을 받는다면

가족들이 행복할 리 없어요. 일단은 우리가 살고 봐야죠!

역병이 발현되기 전까지는 어떻게든 살아야지!

그게 태모님께서 말씀하신 생명의 의무잖아!

… 죄송합니다.

전 여기 남아야 해요.

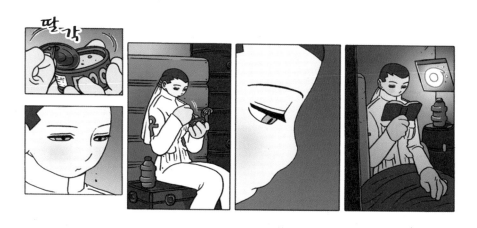

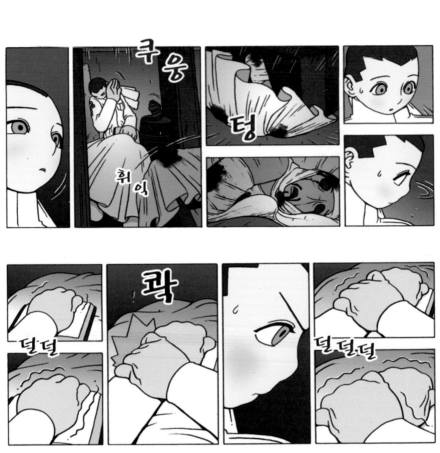

맙소사!

지금 저 안으로 뛰어들었단 말이야?

이건 뭐 우리가 따로 나설 필요가 없겠는걸!

무슨 소리… 두 눈으로 확인하기 전까지는 안 돼!

확인이라니… 저 지경인데 흔적이 남겠어?

닥쳐! 공습이 끝나는 대로 현장에 들어간다!

네, 네! 테아르 님!

피…

스윽

쓱

쓱

도대체…

어떻게 여기까지…

124

아… 안 돼요.
역병 인자가…

쿵이라
괜찮은데…

저…
정말인데…

!

분명히
괜찮다고
말씀하셨어요!

텅

터엉

아놔! 때와 장소를 안 가리는 이 청춘들 정말…

사… 삼촌!

이 방패는 뭐야? 화살 떨어지냐?

짝

이 자식아! 데바님 지키려면 이 정도는 돼야지.

우우웅

공습 끝날 때까지 내가 버틸 수 있길 기도나 해!

콰 텅 콰 콰

아, 볼일들 보셔!

그 자리에서
테아르는 발락까지
치우려고 했지.

됐어! 발락은
건들지 마!

더없는
기회야!

그런데…

놈이 다치면
곤란할 상황이
생겼다.

그런 상황이
있을 수 있나요?

이참에 정리하면
두 다리 쭉 뻗고
주무실 수…

툭

명령이다.
명령! 응?

아야…

부대장 막스의
뜻밖의 명령
이었어.

당장
복귀해!

한발 늦은
가츠의 부하들이
발견한 건

이… 이런!

실신한 발락과 사지가 찢긴
그의 조카, 그리고 울고 있는
무녀였지.

치익

꿀꺽

꿀꺽

그래서? 그 후에
발락이 복귀한
거야?

선택의 여지가
없었나 봐.

다행히 찢기기 전에 평면 구속이 됐구만.

하지만 찢긴 차원을 접붙이기하는 것이라 지워지지 않는 흉터는 남을 거야.

내 기술과 의료국 도움이면 살 수 있어.

그래, 거래 조건은?

감찰단에 복귀 하겠습니다.

어려운 결정 고맙군. 하지만 패트론 살해에 탈옥까지…

단순 복귀만으로는 거래가 어려워.

과거의 파벌 같은 건 상관없네.

복귀하면 내게 절대복종하는 개가 되게.

태모님의 이름으로 서약한다면 자네와 자네 조카의 신변은 내 평생 보장하지.

어떤가, 발락 군?

동의한다면 내 발등에 입 맞추고!

그 입맞춤의 의미… 몇몇뿐이었지.

꿀꺽

발락의 복귀가

종단에 피바람을 몰고 올 거라는 걸 아는 사람은…

133

하아

하아

하아

하아

하아

하아

스응

하아

하아

하아

텅

!

똑바로 서!
벌써 기절하면
안 되지!

떡

떡

휘릭

이젠 익숙해질
때도 됐잖아!

짜
아
악

여기는 감찰국 산하
아브로나 교도소.

최종 판결 후 정식 수감
생활이 이루어지는 곳.

채찍질하는 저 사람은
이곳의 간수장으로

패트론 연합에
매수됐다고 한다.

패트론 살해에
탈옥까지 해놓고는
고작 2년?

그게 말이 돼?
네가 대주교의 숨겨놓은
아들이라도 되냐고!

크흐윽!

짜
악

매일 사소한 트집으로
어김없이 내려지는
간수장의 가혹한 체벌…

항소 결과에 분노한
패트론들이 내가
형기를 마치기 전에
이곳에서 죽기를
원하기 때문이다.

수감생활 한 달 새
6kg이 빠진 걸 보면
그들의 계획대로
되고 있는 모양.

짜
악

한 달, 의료국
소생술이 끝난
시간까지 합쳐
두 달…

넬…

데바님은
지금 어디에
계실까?

휘
릭

외부 통화 시
주의 사항은
알고들 있지?

대화 내용은
모두 기록돼.

자, 가족들이
쓸데없는 걱정
안 하게…

통화는
용건만 간단히!

135

전혀!

어떤 단서도 못 찾겠어.

관리국, 의료국 다 뒤져봤는데…

발병 이후의 행적은 하나도 남아 있지 않아.

2주 선, 데바님의 역병 발병 소식을 듣게 됐다.

대체 그녀는… 지금 어디에 있는 거지?

위성 마요크,

제 3소각로…

소각로?

갑자기 이야기가 건너뛰는데…

행성 자토에서 테아르에게 사지가 찢긴 지 두 달,

많은 일들이 있었지.

놈이 의료국 소생실에 있는 동안 진행된 항소는

감찰대장 가츠가 요청한 대주교 면담의 결과였어.

수호 사제의 의무와 사건 정황이 강조된 재판에서

징역 2년이라는 판결은 패트론 연합의 거센 항의와 반발을 샀지.

하지만 이 사건을 패트론과의 관계 정립에 이용하려는

탕 탕

종단의 입장은 확고했어.

의료국에서 회복된 녀석은 바로 이송돼 아브로나 교도소에 수감됐는데…

이에 패트론 연합이 할 수 있었던 건 간수장과 수감자들을 매수해

그들만의 사형을 집행하는 거였지.

수감생활 내내 고통을 주면서 천천히 죽어가게 하려던 거야.

짜아악

한편 감찰단 복귀를 결심한 발락,

주변 정리를 위해 복귀 전까지 두 달 정도의 여유를 주십쇼.

두 달…

그건 바람둥이 선생님에서

저승 사냥개로 자신을 되돌리는 시간이었는데…

제기랄! 정말 끔찍한 인간 이라니까!

그리고 무녀,
넬 데바…

스스
스스

……

여보세요?
관리국이죠?

저기, 물…
드실래요?

이 양반들이
지금 무슨…

아, 당장 답변이
필요하다니까!

데바님은 동생들
신변이 걱정돼
꼼짝 못하시겠다는
거고…

우리는 무녀님을
이곳에 홀로 남겨둘 수
없다는 거!

아, 잠시만
기다려주세요.
담당을…

이…
이것들이…

네, 제가
담당잔데요. 업무가
꽉 차 있어서요.

그렇게
원하시면
직접 모셔와
주세요.

아, 이 개자식들이…
누굴 똥개로 알아!

드
드
득

이게 우리 일이야?
버려진 무녀 주워 담는 게
우리 일이냐고!

아, 좀
조용히…

이때만 해도
무녀는…

자신이
관리국에서 겪게 될
수모를

상상도 못 했을 거야.

놀라운 건 이 기간, 별다른 영양분 공급 없이도

환자의 몸이 전혀 축나지 않는다는 거야.

그렇게 역병 변이가 끝나고 나면…

삐빅 삐빅

오케이!

그냥 직접 봐!

쉬이이익

화악

아, 저게 바로 역병 발화…

피날레지.

이제 남은 건 역병 가변 인자 덩어리…

일반 화력으로는 감당 안 돼. 위성 소각로를 이용해야지.

실내에서 저렇게 발화해버리면 뒤처리 정말 짜증 난다!

근데 이런 거… 의료국에서 할 일 아닌가요?

내 말이! 그것들… 우주 질병관리국 감사를 피할 속셈인지

파견 근무라는 명목으로 관리국에 떠넘기고 있어.

정확하게 말하자면

바로 우리 호스피스 관리팀에게 말야.

맙소사! 이런 곳에서 근무하게 될 줄은…

푸하하… 누군들!

……

저기 줄 서서 배식받는 사람들은…

저것들? 호스피스 봉사 나갔다가 살아 돌아온 생환자.

아, 운 좋은…

개뿔! 죽을 때까지 또 다른 전장을 헤매야 하는 산송장들이야.

그래, 분명히 또 다른 전쟁터로 나가야 했지.

140

그런데…

과
앙

뭐야? 무슨
일이야?

드
드
드

콰

콰

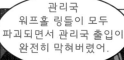

관리국
워프홀 링들이 모두
파괴되면서 관리국 출입이
완전히 막혀버렸어.

그건 이델 놈의
재판 결과에 앙심을 품은
패트론 몇몇의

종단에
골탕을 먹이려는
테러였는데…

당분간
고립되지만 크게
염려할 상황은
아닙니다.

복구까지는 약
한 달 반…

관리국 업무는
문제없이…

……

!

CALL
…

비상 소집?
무슨 일…

호스피스 봉사단
생환자 약 300명!
관리국이 고립돼
있는 동안

이들에게 들어가는
식비랑 소모품 비용…

우리가
나눠 갖자!

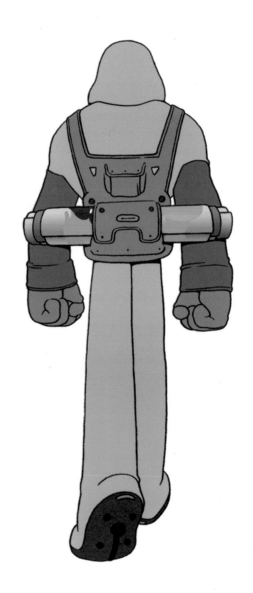

그… 글쎄요. 차원 전환의 적용 범위를 잘 몰라서요.

하지만 이런 상태라면…

흑…

다른 전쟁터로의 호출을 기다린 지 한 달…

후우우…

투입 이틀을 남겨두고 테러가 일어났다.

다시 한 달 반의 대기…

뭐? 소각동의서에 절대 사인하지 말라고?

그래! 원래 그게 역병 발화 후, 그러니까 사후에 소각로로 가겠다는 내용이잖아.

그런데 동의를 받아놓고는 가사 상태에 빠지는 즉시 소각로로 보낸다는 거야.

발화되기 전에 미리 처리해서 시간과 비용을 아끼려는

몇몇 계약직 관리자들 짓이래!

종단에서는 손해 볼 게 없으니까 알면서도 묵인하고…

아무리 의식이 없다지만, 산 채로 불에 태워지는 꼴!

너희들, 그렇게 죽고 싶어?

어제 보일러실에서 가사 상태로 발견된 사제님,

동료들의 소각로 직행을 목격하고 숨었던 거래.

에이, 설마…

그건 사실이었어. 자네, 종단 명부에서 완전히 삭제되는 두 가지 경우를 알고 있나?

아니…

관리자들이 노린 게 바로 그 점이지.

생환자들은 있어도 없는 사람들.

종단 감사라곤 해도 매달 동의서를 통해 소각 인원수를 확인하는 정도.

도의적인 명목의 소각동의서가 일종의 신체포기 각서가 돼버린 거야.

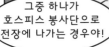

그중 하나가 호스피스 봉사단으로 전장에 나가는 경우야!

소각동의서에 남은 필적이 그들의 흔적을 대신할 정도니…

그나마 테러로 인한 한 달 반의 고립은 감사에 대한 부담을 완전히 없앴지.

자, 불쾌하게 생각하진 마시고요.

역병으로 인한 피해를 최소화하자는 인도주의적인 의도에서…

산 채로 태워진다는 이야기에 모두들 서명을 주저했어.

그때 누군가…

질문이 있는데요.

네?

그럼 왜 굳이 서명하라는 거죠?

어차피 동의하지 않아도 발화 후 소각로에 가지 않나요?

아, 그… 그렇죠

아, 그… 그게 그러니까 행정상의 절차랄까? 우주 질병관리국의…

아뇨! 그건 납득할 수 없는 얘기예요.

발병하기도 전에 쓰인 이 동의서가 사망진단서로 쓰이지 않는다고 보장할 수 있나요?

발병 전까지는 절대 쓰지 않겠어요!

그래?

다들 단호한 입장이라…

그쪽에서 그렇게 구체적으로 서명을 거부하신다면…

이쪽에선 노골적으로 서명을 받아낼 수밖에…

그즈음, 이델은 의료국에서 회복돼 아브로나 교도소로 이송 중이었지.

......

그렇지. 종단에서 독자적으로 역병완치제 개발을 검토 중이니...

그래, 네 말대로라면 가능하잖아?

하지만 네 큉 능력이 그렇게 사용되는 걸 종단에서 허락할 리가...

허락이라니... 새삼스럽게.

그러니까 넬 데바님께만 몰래 적용해야지.

이 이야기, 데바님께 꼭 전해줘.

네?

이델 사제님이...

네, 다행히...

뭇시엘...

아, 전 과학원에 있는 이델의 친구오라고 합니다.

이렇게 관리국 네트워크를 해킹해 데바님과 통화하는 건

반드시 전해야 할 두 가지 사항이 있어서인데요.

......

그... 그게...

네, 늦어도 2~3년 뒤면 종단 의료국과 과학원에서 역병완치제 개발에 들어갈 것 같아요.

그렇게 되면 머지않아 만족할 만한 성과가 있을 겁니다.

녀석은 그때까지 종단의 눈을 피해 차원전환 능력으로 데바님의 역병 진행을 막겠다는 건데요.

역병 발화로 몸이 타버리지만 않는다면 충분히 가능한 얘깁니다.

아, 그리고 또 한 가지...는 직접 녹화 영상으로 보시죠. 그럼 전 이만...

틱

틱

알립니다.
호스피스…

재파견
대기자들은
지금 즉시…

뭐야? 무슨
일인데?

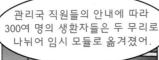
관리국 직원들의 안내에 따라
300여 명의 생환자들은 두 무리로
나뉘어 임시 모듈로 옮겨졌어.

뭘 하려는
거지?

안녕하세요.
호스피스 봉사팀장
입니다.

이것은
여러분들에게
소각동의 서명을
얻으려는 조치
입니다.

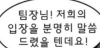
팀장님! 저희의
입장을 분명히 말씀
드렸을 텐데요!

저희의 입장은
이렇습니다.

생환자들은 문을 걷어차며
거세게 항의했지.

뭐야?
당신들이 뭔데?
무슨 권리로…

네, 똑똑히
들었습니다. 뭐
각자의 입장이라는 게
있는 거니까요.

여러분 전원의 서명을
받기 전까지는 절대
출입문을 열 수 없다!

저것들… 정말
우릴 소각로로 바로
보낼 셈인 거야!

148

덜컹

덜컹

끼익

......

환기구가
너무 좁아.

역시… 이 모듈
사방이 전부 막힌
구조야!

왜?
도대체 왜?

OFF

우리가 뭘
잘못했는데…?

우리가 누굴 위해
이렇게 된 건데?

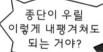

종단이 우릴
이렇게 내팽겨쳐도
되는 거야?

우리가 왜 이런
취급을 받아야
하는 거냐고!

누군가 울분을
터뜨리자 여기저기서 울음이
터져 나왔어.

뭇시엘!

크흐으윽…

그래, 이건
명백한 살인
이야!

어떻게
우리한테…

턱

우리 맞서요!

아무리 우리가 곧
죽을 거라지만…

우리 목숨을
몇 사람들의 주머니와
맞바꿀 수는 없어요!

저들에게
끝까지 대항합시다!
기도해요!

뭇시엘…

결연한 의지로
서로의 손을
맞잡았지만…

현실은
냉혹했지.

먼저 모듈 안
한가운데에 세워진
투명 캡슐은 화장실이
아니었어.

탕

탕

뭐야?
꿈쩍도 안 해!

대체 무슨
용도지?

탕

임시방편으로 구석에 간이 화장실을 만들었지만

중앙 엔진 점검 차 관리국의 회전이 멈추게 되면

모듈 안은 무중력 상태가 돼 오물로 빔빅이 돼버리는 거야.

그리고 실내는 간신히 형상을 알아볼 만큼 어두웠지.

차아아아

생존에 필요한 최소한의 수분 공급을 위한 증기 분사는

공기 중에 떠있던 오물과 뒤섞여 설사와 구토를 일으키고…

모듈 안은 그야말로 버려진 축사.

하지만 그들을 가장 힘들게 한 건

바로 굶주림이었어. 하루, 이틀, 사흘…

하나둘 지쳐 쓰러져 갔는데

물론 그대로 죽게 내버려둘 리가…

견딜 만하십니까? 여러분들께 잠시 드릴 말씀이 있습니다.

이… 이런… 이런 수모를 당하면서까지…

하아

숨 쉬고 있을… 이유가 있을까요?

그냥… 우리 이렇게… 태모님 품으로 가요. 산 채로 소각로에 가는 것보단…

하아

하아

하아

탁

서명 전, 여러분 각자에겐 건너편 모듈에 있는 동료를 위한

팀장이 전한 이야기는…

식사가 한 끼씩 할당되어 있습니다.

!

동의서에 서명하시면 순서에 따라 건넛방의 한 사람에게

서명자의 한 끼가 캡슐 안에서 제공되죠.

식사가 끝나면 샤워 후 새 옷이 주어집니다.

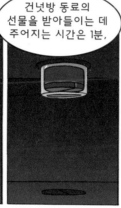

건넛방 동료의 선물을 받아들이는 데 주어지는 시간은 1분,

주저하거나 거부하시면 동료의 배려는 곧장 쓰레기통에 떨어집니다.

도대체…

따악

뭐야, 그게…?

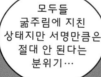

모두들 굶주림에 지친 상태지만 서명만큼은 절대 안 된다는 분위기…

거기에 굶어 죽어가는 동료를 구한다는 명분을 집어넣은 거야.

참, 이번 판이 마지막이지?

그래, 내가 이기면 약속대로 그 가면 벗는 거야.

아무렴!

자, 그럼 마무리를 위해 달려볼까?

척

151

모듈 안은 잠시 술렁댔지.

지금 무슨…

그리고 얼마 후…

네, 건넛방에서 서명자가 먼저 나왔네요.

이분의 식사는…

여기 이분이 받으시죠!

!

물론 서명자가 나왔다는 건 거짓말이었어.

처음 지목된 생환자가 어쩔 줄 몰라 주저하는 사이…

시간이 지나 캡슐은 닫히고

눈앞에서 음식물이 버려졌지.

아…

당신은 방금 동료를 위해 소각로행을 택한

친구의 마지막 호의를 쓰레기통에 던져 버렸습니다.

말도 안 돼! 그게 어째서 이쪽 책임이야? 당신 멋대로…

그리고 서명했다는 걸 우리가 어떻게 믿지?

그리고 다시 얼마 뒤…

네, 역시 건넛방에서 두 번째 서명이 나오네요.

이분 건…

여기 이분이 가져가시죠!

……

역시 주저하는 사이…

휘 익

아… 안 돼!

남의 목숨을 먹었으면 너도 네 걸 내놓아야지!

서명해! 너도 서명하라고!

누군들 그 압박을 견딜 수 있었겠어?

그렇게 시작됐지.

팀장은 같은 방법으로 양쪽 모듈에서 최초의 서명을 얻어냈어.

그때부터 건너편 모듈 안 상황을 서로 생중계 한 거야.

자기의 서명을 통해 누군가 굶주림을 채우는 장면을 목격하고

누군가의 서명으로 자신의 허기가 채워지자

300여 장의 소각 동의서는 빠르게 채워져나갔어.

마지막 순간, 건너편의 누군가를 구한다는 명분이 눈을 가린 거야.

아… 안 돼! 무슨 짓들이야?

그만둬!

서명자가 늘어나면서 모듈 안의 분위기는 역전되고…

어서 끝내고 이 더러운 곳에서 당장 나갈래!

……

그렇게

어느덧

넬 데바의 차례가 됐지.

죄송해요, 이델 산제님…
더 이상은 저 때문에…

아무래도 저…
여기까지인 것 같아요.

후우우…

오케이!

당장 모듈 내부
에어 샤워 해서 관리국
본선에서 분리시켜!

좌아아아

서명을 모두
받아냈어.

우주 질병 관리국에
발병 통보하고 워프홀
내장 함선을 요청해
마무리하도록!

이거…
뭐 하는 거야?

155

콜록
콜록

!

텅

뭐… 뭐야?

본선에서
분리되고 있어…

문 열어!

탕

탕

서명 끝나면
내보내주기로
했잖아! 어서
문 열라고!

뭐…?

안부 여쭈려
다시 접속했는데
생환자 전원
발병이래.

소각 동의서
서명에도 데바님
이름은 안 보여.

그런데 넬 데바님의
흔적이 없어.

내가 관리국과
의료국 기록들을
더 뒤져볼게.

그렇게
발병 소식을
접한 지 2주가
지났던 거야.

퍽

퍽

퍽

퍽

매번 말하지만
너한텐 감정 없다.

패트론들이 매달
챙겨주셔서 말이야.

크윽…

우리만 고용된 게
아닌 건 알지?

자살하는
편이 나을지도…
ㅋㅋㅋ

하아…

하아… 도대체…

지금 어디에 계신 걸까?

소각 동의…

소각로에서 생을 마친다는 사실을 동생들에게 숨기는 거였어.

난…

그 순간 그녀가 할 수 있었던 마지막 일은…

서명란에 자신의 이름을 적지 않았던 거야.

내 삶은…

이 우주에서…

어떤 의미였을까?

티라미수 케이크를 좋아하던 무녀…

그래…

그거면 돼.

쑥

동의서 서명 자료?

거기엔 데바님 이름이 없었다니까.

잔말 말고 어서…

아, 알았어. 그럼 네가 직접 확인해봐!

!

티리릭

!

아… 안 돼!
멈춰!

돈 때문이라면
원하는 대로 줄 테니
제발 해치지만
말아줘!

말이라도
고마워.

호르마 일가에서…
네가 마지막이구나.

촤
아
아

펄
럭

너희는
이 우주에
없었다.

스
스
승

촤
아
아

스
르
르

촤
악

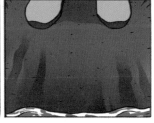

......

네놈은 죽을 때까지 피바람을 몰고 다닐 거야.

이히히… 발락 군!

빌어먹을 할망구…

제기랄! 저주에서 벗어나려고 그렇게 발버둥 쳤건만…

흥!

그래! 그게 숙명이라면 더 이상…

나…

팟

… 둘, 셋, 넷! 안녕하세요.

방금 뭔가 엄청난 순발력…

이거… 어떻게 말을 꺼내야 할지…

자네 조카… 말이야.

위성 마요크, 제3소각로

해칠 생각
없어요.

사…
살려주게!
패트론들이
날 협박…

스응

사뿐

스으응

좌약

스응

그것은
상상조차 할 수
없었던 충격적인
광경이었지.

후우우우…

위성 마요크…
무인 소각로의
에너지원은
축적된 태양
에너지야!

두 달에
한 번꼴로
작동되는데…

161

한 달 전에 전체 소각이 있었어. 네게 주어진 시간은 한 달!

그러니 그 안엔 적어도 지금 약 150만 명…

제3소각로엔 일평균 약 5만여 명이 버려져.

맙소사! 차라리 사막에서 바늘을 찾지! 그만하자! 말도 안 돼! 미친 짓이라고!

뭐? 시뮬레이터로 위치 추정? 그게 무슨 소용이 있어?

하루에 5만 명씩 쏟아져 내린다니까!

후우욱

한 달 헤매면 어느새 300만 명이라고!

너 숫자로 들으니까 감이 잘 안 오지?

후우욱

친구로서 하는 내 인생 마지막 충고야! 그만둬! 이 미친놈아!

거긴 이 우주가 버린 지옥이란 말이야!

그러고는…

후우욱

내가 아는 한 이 우주 최악의…

또라이 짓이 시작됐어.

툭

에이…
아무렴!

아무리 얘기라지만
그 대목은 믿기
어려운데?

설마 그렇게까지
했으려고?

누군들
믿겠어?

근데 말이야.
현실은 늘 상상을
뛰어넘는다는 거…

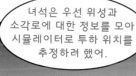
녀석은 우선 위성과
소각로에 대한 정보를 모아
시뮬레이터로 투하 위치를
추정하려 했어.

웃기지 마!
내가 왜? 내가 왜?
당장 내 인생에서
꺼져! 꺼지라고!

……

제3소각로…
투하 구멍이 서른 개가
넘어.

위치는 둘째치고
중력이 약하다지만 이미
더미 무게에 몸이
짓뭉개졌을 수도
있다고.

운이 좋아 더미 표층에
있다고 해도 소각로 내부에
어떤 위험이 있을지
모르잖아.

신체 약탈범이나
뭐든지 먹어치우는
괴생명체…

친구의 염려는
현실이 됐지.

이봐, 거기!
흰머리!

!

입구 밖에
새로 온 우주선,
그거 네 거냐?

그들은
발병자들 몸속에서
값이 될 만한 물건들을
찾는 약탈자, 일명
소각로 들개였어.

이 녀석 혼자인지
확인해봐!

오케이!

아무도
없어! 이상한
브로마이드만…

그놈 게이
인가 봐.

163

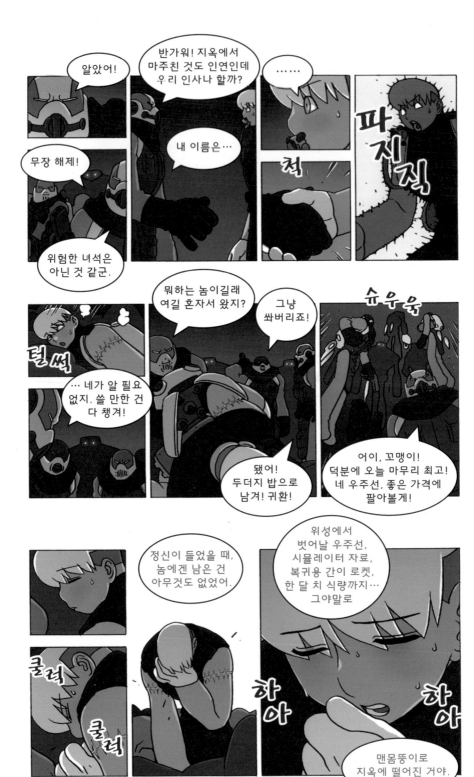

다행히 소각로 안 공기가 생명에 지장을 주진 않았어.

하지만 노출이 길어지면서 어떤 영향을 줄지는 미지수였지.

호흡이 익숙해져 몸을 가누는 데까지는 꼬박 이틀.

아무것도 먹지 못한 채…

!

!

데…

데바님!

아, 미안!

녀석은 순간적으로 잘못 봤다고 생각했지만, 실은…

소각로 공기에 포함된 성분이 일으키는 환각 증세가 시작된 거였어.

!

허기 때문에 반사적으로 달려간 그곳엔 역병 발화를 이용해

고기를 굽는 사람들이 있었지.

165

제… 제발 쏘지 마!

먹거리의 정체를 본 이델은 놀라 그 자리에 주저앉고 밀었이.

소각로 들개는 아닌 것 같고…

사람 찾는 용병인가?

비무장 상태를 확인한 그들은 곧 안심하는 눈치였지. 그리고는 이내…

아, 놀랐잖아! 뭐야? 먹는 거 처음 봐?

몸동작이 어설퍼. 여기 들어온 지 며칠 안 된 거야.

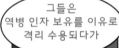

그들은 역병 인자 보유를 이유로 격리 수용되다가

마취제를 맞고 발병자들과 함께 소각로에 버려진 사람들이었어.

소각로 안엔 이런 자들이 상당히 많았는데

그들은 생존을 위해 극한의 방법을 선택했던 거야.

뭐야, 너? 네가 무슨 자격으로 우릴 그렇게 쳐다보는 건데?

왜? 너라고 우리와 다를 것 같아?

됐어! 어린 친구한테 괜한 시비 말고 우리 일에 몰두하자고!

우리한테 남은 시간이 얼마나 되겠어?

그저 원껏 즐기는 거야!

약탈자들에게 모든 걸 잃은 이델이 그곳에서 처음 만난 사람들…

그들은 죽는 순간까지 자신의 욕구를 채우는 부류였어.

오! 딱 내 취향인데…

네 취향이 아닌 여자도 있냐?

어디 오늘
맘껏…

풋

제기랄!
두더지다!

풋

덜컥

처억

으드득

으드득

풋

풋

풋

풋

헉

헉

헉

헉

헉

167

......

그때 소각로 안에서 발견된 조카를 보고

후우우우…

발락은 무슨 생각을 했을까?

하루에 약 5만여 구, 며칠 뒤면 200만 명… 무모함은 둘째치고

내부에 어떤 위험이 있을지 알 수 없는 곳입니다. 어서 이델 군을…

소각로 작동이 언제지?

약 3주 뒤니까… 태모 성탄 축제와 맞물리겠는데요.

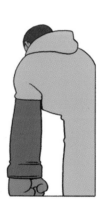

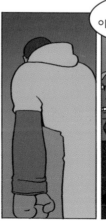

그래, 그럼 이만 돌아가자!

네?

지금 데리고 나와도 저놈은 다시 들어갈 거야. 그 과정에서 소란만 더 커질 뿐!

소각로가 작동할 때까지 녀석은 멈추지 않을 테고…

무엇보다 소각로 안에서 목숨을 길었던 한 달간의 개고생이 연기처럼 사라지는 걸 경험해야 돼!

매번 이 짓거리가 반복될 순 없어. 이번에 무모함의 대가를 배워야지.

도중에 소각로 안에서 죽게 되더라도

그건 녀석의 선택이었고 태모님의 뜻이다. 내가 끼어들 영역이 아니야.

탈옥과 관련한 체포 문제는 잠시 보류하도록 가츠 대장에게 직접 양해를 구하겠다!

내 역할은 여기까지! 더 이상 관여하지 않겠어!

이륙해!

감찰국으로 복귀한다!

우우웅

하아

하아

스읗

하아

스읗

헉

헉

헉

헉

헉

하아

하아

하아

하아

노...놈이...

데바님을...

삼키고 있어.

환각이 점점 더 심해지고 있다.

넬 데바님을 발견하고 달려가는 일은 다반사.

반복되는 잊고 싶은 기억들...

하지만 무엇보다 견디기 힘든 건...

며칠째 계속해서 날 지켜보고 있는 또 다른 나!

.....

ㅉㅉ...

172

도대체 왕족들은 왜 그렇게 서로 못 잡아먹어 안달이래?

제기랄! 일이 끝날 기미가 보여야지!

아, 짜증 나! 사막에서 바늘 찾기라니…

왕은 하나니까! 근데 넌 왜 돈 받고 일하면서 짜증이니?

겨우 용병 500명 가지고 한 달 만에 여기서 어떻게 사람을 찾아?

됐어.

여기서부터는 두더지 소굴!

먹이로 놔두자고!

이… 이런! 안 빠져!

스으응

차아악

파닥

파닥

그런데
두더지 사냥 중에
생긴 이 인연이 녀석을
뜻밖의 상황으로
몰고 가게 돼.

저런…

혼자 맨몸으로…

이거 완전
미친놈이네.

좀 드세요.

아, 전…

아무리
퀑이라지만
그런 능력으로 사람
찾겠다고 여길
혼자서…?

지익

……

그래도 나쁜 놈
같진 않아.

이건 어떨까요?
저를 지휘 본부까지
데려다주시면

저희
장비와 데이터로
수색 범위를 최대한
좁혀드릴게요.

……

가… 감사합니다!

덥석

별말씀을!
생명의 은인에게
그 정도는…

응?

이 외부인이 대장을 찾는데…

천

뭐야, 넌?

촤악

뭐? 테러를? 누구한테?

누구긴! 어차피 돈 주면 뭐든지 하는 놈들이니까

세자의 복귀를 반대하는 것들이 사주했겠지.

문제는 몇 놈이나 매수됐냐인데…

그 전에 잠깐!

신체 정보?

그건 따로 없는데요.

치과 기록, 대체 장기, 인식 칩이나 체취…

즈ㅇ웅

이 추적 센서에서 포착할 만한 특징 말이죠.

참고로 저희는 평소에 쓰던 향수와 대체 장기 정보로 수색 중이에요.

개나 소나 왕족이 쓰는 향수를 사용한다는 게 골치랄까?

아, 태모신교 무녀님들은 백단향을 써야 하는 규례가 있어요.

백단향… 어디 봅시다.

아, 저희 샘플 항목에 있네요.

이건 1,000기 이상의 추적 센서기로 파악한 소각로 내부의 후각 지도입니다.

백단향 분포도만 남긴 뒤에…

소각로 전체 투입구는 36개, 소각 효율을 높이기 위해

날짜별로 지정된 투입구가 열려요. 이건 일반인들에겐 공개되지 않는 정보죠.

말씀하신 날짜를 기준으로 추측하면 투입구는 모두 여덟 개…

이 중에 백단향 분포도와 겹치는 건 여기 세 군데. 12, 15, 19번 투입구네요.

그런데 그것들은 모두 용병들의 수색 범위에 포함돼 있었어.

감사…

예상 못 했던 문제가 생긴 거야.

응? 오히려 잘된 것 아닌가?

그 반대였어.

수색 범위는 총 다섯 군데로, 구역당 100여 명이 탐색을 벌이는데

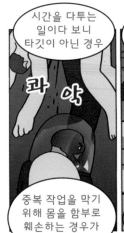

시간을 다투는 일이다 보니 타깃이 아닌 경우

꽈 악

중복 작업을 막기 위해 몸을 함부로 훼손하는 경우가 대부분이었어.

발병자들이 토막 난 시신이 돼 여기저기 나뒹구는 거야.

넬 데바가 훼손된 시신으로 발견될 수도 있는 상황.

이 사실을 알게 된 이델은 가만히 있을 수 없었지.

시간 내에 일을 끝내야 하는 용병들의 입장과는 정면충돌!

개인 네트워크가 연결되지 않는 소각로 안에서 넬 데바의 모습을 보여줄 수도 없는 데다

돈 때문에 지옥에 들어온 그들에게 일일이 양해를 구할 수도 없는 터.

상반되는 자신들의 입장이 계속해서 반복됐지.

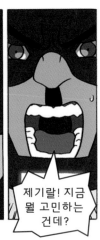

제기랄! 지금 뭘 고민하는 건데?

차

이 퀑 놈!
그냥 쏴버려!

아, 안 돼!

퍽

이건 왕국 전체의
미래가 걸린 일이야!

남은 3주 안에 세자를
찾는다는 보장이 있어?

내부에 변절자들까지
있는 마당에 지금…

후다닥

퍽

퍽

팅

팅

그놈 쏴버려!
어서!

진정해!

탁

!

스응

스으응

정말 난감했지.

갑자기 500 대 1의
전투 상황…

이쪽이야!

이쪽!

킥킥킥…
거기서 그렇게 뛰쳐나와 버리면…

적으로 돌리겠다고 선전포고 하는 것 밖에 더 돼?

하아

하아

왜?
살인이 일인 용병들을 상대로 전생이라도 하시게?

그것도 혼자서 500명을?

킥킥킥…

넌 이제 곧 죽게 될 거야.

저기다!

그쪽이야!

투
학

투
학

투
학

아!

놈이 수색 구역 안으로 못 들어오게 해!

총기 사용이 어려워진다.

탐색지 안에선 스턴건을…

그래!
수색지 안이라면 함부로 총을 쏘지 못해!

염병! 사람 찾는 것만도 벅찬데 이런 생쥐까지…

내 말이!

스으응

총기 사용이 제한되는 공간이라면 해볼 만하다는 생각이 든 거야.

촤
악

최대한 발병자들 사이에 묻혀 놈들의 시선을 피해야 돼!

풋

저기다!

쫓고 쫓기는 술래잡기가 이어지는 동안에도

한편에선 수색 작업이 계속되고 있었지.

그렇게 며칠이 지났을 무렵…

스으응

툭

하아아…

벌써 며칠째… 계속 이런 식이라면…

… 안 돼! 시간이 없어!

휘익

!

처억

투하

투하

투하

저게 미쳤나? 수색지에서 총질을…

찾았다!

세자를 찾았어!

그 소식은 이내 곧 용병들의 무차별 난사로 이어졌지.

한 달간의 수색을 드디어 마쳤다는 해방감이 일시에 터져나온 거야.

크흑!

크흑이라니… 뭐 해? 어서 발병자들 사이를 헤집고 들어가 숨어!

그래야 피에 굶주린 놈들이 여기저기 쑤셔대도 살 수 있을지 모르잖아.

애초에 이곳에 오는 게 아니었어.

이렇게 벌거벗은 채 개죽음을…

넬 데바와는 인연이 아니라는 사실을 겸허히 받아들였어야지. 이 또라이야!

투학

… 뭐?

퍽

투학

이… 이런 멍청이! 그렇게 아무 데나 막 쏘면…

제대로 쐈어!

세자가 우리 손에 있다!

자, 이제 시작해!

뭐야? 뭘 시작하려고?

투

무… 무슨 짓들이야?

퍽

그건 다브네스 왕국의 왕위 쟁탈을 위한 두 당파 간의 싸움으로

세자를 찾는 용병들과 거기에 임무가 하나 더 더해진 용병들 간의 전투였지.

퍽

……

느닷없는 전개에 정신이 팔린 바로 그 순간…

!

허

허

허

즈웅

쓰으윽

!

…뭇시엘!

!

아, 깨어났다!

그는 일부러 녀석을 찾아나서던 거야.

다행히 이델과 마주친 이는…

출혈 때문에 위험했어요.

어느덧 용병들의 전투는 끝나 있었지.

문제가 좀 있었지만 수습되었으니 이제 귀환할 겁니다.

저희도 부상자가 많아 응급처치 수준의 치료밖에…

미안합니다. 제가 할 수 있는 거라곤 이 정도네요.

고… 고맙습니다.

감히 뉘 존함을…

다브네스 부수석 환관 사사라고 합니다.

소각로 작동 전까지 필요한 식량과 탈출용 비상 로켓을 두고 갈게요.

그러고 보니… 성함도 묻지 않았네요.

… 행운을 빌어요.

용병들이 나가고 나자 이제 소각로 안에는 이델 혼자만 남게 됐어.

뭐야? 왜 우는 건데?

······

아무래도 나…

지쳤나 봐…

당연하지! 미친 짓만 골라 해왔으니!

여기 누워 있지 말고 더 늦기 전에 어서 기어 나가!

관통상이 녀석에게 준 영향은 컸어.

쏟아지는 포화를 견뎌냈던 마음까지 흔들렸던 거야.

그만 좀 징징대! 호기와 객기로 종단의 뜻을 거스른 네놈의 선택이었잖아!

사랑이라는 명목으로 네 자신을 끝까지 몰아갔으니…

지금 상황은 당연한 거라고!

그러니 어서 기어 나가! 당장 도망 치라고!

이륙 준비 완료!

소각로 내 최종 점검이 끝나는 대로 출발한다!

······

젠장! 그 흰머리 친구… 계속 신경이 쓰이는군.

내가 데리고 나올 수도 없는 처지에 무슨…

어디…

183

응?

어?

뭐야? 여기 방금 누군가…

칫! 소각로 공기 때문인가? 헛것이…

ZZ…

ZZZ…

……

올 클리어! 오케이! 이륙해!

소각로에서 나온다고 해도 여기서 벗어날 우주선 같은 건 안 보이던데…

그럼 결국…

후우우… 누트 대여신이시여!

저 이교도 젊은이에게 안식을!

즈

즈

즈

즈

184

치
이
익

드드드

드드

천컹

촤
아
아
아

여어어…

오늘도 어김없이
5만 명 추가요!

……

데바님! 어서
저랑 같이 여기서
나가요!

……

죄…죄송해요.
종단에서 동생들을
맡기로 했어요.

허락 없이 이곳을
떠날 수는 없어요.

그럼…

……

저도 여기
남을게요.

185

186

그래야지.
이제야 현실을
깨달은 거냐?

이 우주의 절반이
여자라고! 종단에서도
버린 무녀 하나
때문에

네 인생의 남은
기회들을 버리지
말란 말야!

사제 학교
기숙사 복도에는

유아등이 설치돼
있었어.

함정인 줄도
모르고…

불빛에 달려든
나방들이 타 죽곤
했지.

그런데…

녀석들은
전기 충격에 놀라고도
다시 달려드는 거야.

죽을 때까지
계속하더라.

목숨이 걸린
장애에도 아랑곳
하지 않고

오직 거기에 빛이
있다는 이유만으로
끝까지 달려드는
거야.

이런
멍청이들!

그러니까
죽는 거지.

……

그런데
그 순간,
난 그것이 무척
아름답게
느껴졌어.

생사를 뛰어넘어
빛을 향하는
맹목적인 본능!

불로 뛰어드는
나방들이
어리석다고?

아니,
난 온몸을 던져 주어진
도리를 다한 거라고
생각해.

x

187

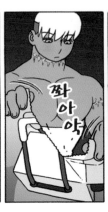

하아

스응   하아

스응

하아

스응   하아

하아   스응

승   하아

스응

하아

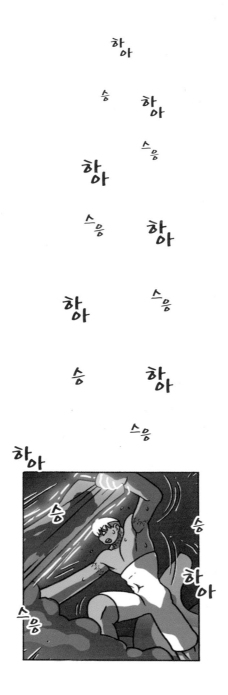

한편, 감찰국에 복귀한 발락은

새로운 제안을 받고 고민에 빠져 있었지.

가츠 대장에게 심복이 돼달라는 부탁을 받았다며?

가츠 녀석… 은근히 귀여운 구석이 있다니까.

너…
미투에라 주교에게 꽤나 비싼 선물을 했더라.

……

그래,
이 자리에서 당장 널 죽여도 보호받을 만큼 값어치가 있긴 하지.

찢어지는 천둥 테아르 놈을 내 조카에게 보낸 게 너라고?

어허! 너까지 치려는 걸 막은 것도 나였어.

감찰국을 와해시키려고 가츠가 널 받아들였다는 건 알 만한 놈들은 다 아는 사실이야.

벌써부터 파벌이 나뉘기 시작했어. 눈치 보고 줄 서느라 바빠.

그런데 말야.
가츠 쪽이 너에 대해 한 가지 간과하는 게 있어.

와해시킬 수 있다면 그 반대의 역할도 할 수 있다는 것!

가츠의 개가 되느니 우리와 함께 개들을 거느리자!

종단에 쥐여 살지 말고 같이 쥐고 흔들어보잔 말이야!

푸흐흐흐…
아무도 몰랐지.

막스 부대장의 제안에서 그가 이제 막 새로운 아이디어를 얻게 됐다는 걸…

195

속고 속이는 게 미덕인 종자들끼리 머리 터지게 싸우게 됐다는 거지?

푸하하하⋯ 그런 셈이야.

따악

엽! 내가 이겼어!

이런! 어느새⋯

경비팀의 포르도 사제님! 수하물 창구로 지금 즉시⋯

응?

잠시만⋯

뭐야, 이게? 누가 보낸 거지?

처억

슥슥

!

팅

자, 이제 가면을 벗어 주실까?

급할 거 뭐 있나?

자, 이제 이델 이야기의 결말이야.

비싸게 굴긴⋯ 그래, 이델 녀석 무녀를 끝내 찾지 못했을 테지?

아무렴! 그런 일이 가능하겠어? 사막에서 바늘 찾는 게 빠르지.

또라이 짓거리의 쓴맛을 보고 있었던 거야.

그렇게⋯ 어느덧 태모 성탄제와 함께 소각로 작동일이 서서히 다가오고 있었지.

196

푯

크흑!

웃!

팍

팅

퍼

하악…

와아아아…

본격적인 성탄제 기간에 들어선 종단은 축제 분위기로 한껏 들뜨고…

뭇시엘!

여기저기서 자선 행사가 벌어지고

종단 홍보를 위한 대규모 공연이 곳곳에서 열리고 있었어.

거리로 쏟아져 나온
신님선녀들은 성탄제에
함께 지낼 짝 찾기에
몰두하고

한편에선
연인에게 줄 선물과
이벤트에 열을 올리고
있었지.

오랜 사랑이
결실을 맺기도 하며

헤어졌던 커플들이
다시 만나기도 하고

신도들에게
고백을 받는
수호 사제들이
있는가 하면

담당 데바에게
청혼하는 패트론들도
있었어.

그리고 마침내…

축제의 하이라이트인 성탄제 이브.

연인들이라면 함께 웃고 마시며, 즐기는 그날…

아무도 관심 없는 우주 저편에 버려진 지옥,

그 한쪽 귀퉁이에서 일어난

그 누구도 믿지 못할

작은 기적 하나…

하아

하아

하아

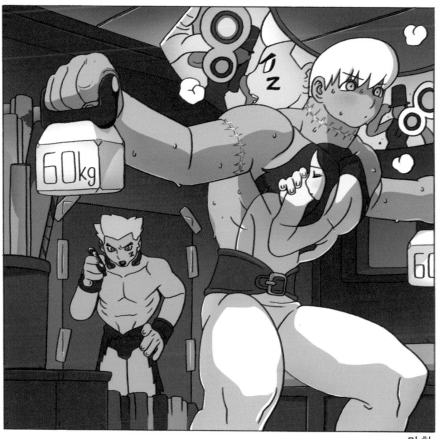

마침.

A.E.

ZZZ…

맙소사…

기이고 찾아낸 거야?

ZZZ…

아오, 이 또라이 시키…

도대체 이 무녀가 어디가 그렇게 좋다고…

……

으흥!

으흥!

으흥!

뭐… 여기 이 라인은 꽤 훌륭한걸.

뜻밖의 비례가 극적 구성을 이룬달까?

오, 그 아래… 좋아! 좋아!

아, 여기는 좀 아쉽네. 좀 더 볼륨이…

ZZZ…

A.E.

발락에게 어떤 제안을 했는지는 모르겠는데 말야…

우리가 아무리 반대편에 서 있더라도 상식적인 룰은 깨지 않았으면 해.

……

제게 하실 말씀이라도…?

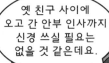

옛 친구 사이에 오고 간 안부 인사까지 신경 쓰실 필요는 없을 것 같은데요.

나 말이야…

진심으로 내가 신경과민이길 바라.

다행이네요. 단순한 신경과민 입니다.

큭큭큭… 그래야 할 텐데 말이야.

어서 와!

그래, 지낼 만하냐? 이 골칫덩어리야.

덕분에… 뭐야, 삼촌?

이제껏 나한테 잘도 숨겨왔어.

종단에서 꽤 악명이 높던데?

악명은… 이 자식아! 개과천선한 사람 다시 제자리로 끌어 내린 게 누군데?

내년 성탄제 즈음해서 사면 조치가 있을 거야.

네가 사제로 복직하려면 앞으로 4년은 걸려.

그러니 석방되면 행성 토루의 렝 수도원으로 가서 그곳 사제들과 같이 훈련받도록 해.

거긴 감찰대원 양성 학교 같은 곳이야.

그런 델 내가 왜 가?

지금으로서는 소용돌이 한가운데가

제일 안전하니까라는 말밖에는…

사제 복직 후 한동안은 남들 눈에 안 띄는 곳에 넣어두마.

그곳에서 내 부름이 있을 때까지 조신하게 지내고 있어.

내겐 절대적으로 믿을 수 있는 파트너가 필요해.

네가 그 역할을 맡아줘야겠다.

후우우… 그렇게 벗어나려 했지만 다시 제자리인 걸 보면

마무리 짓지 못한 일… 끝을 내라는 태모님의 뜻인 것 같아.

도대체 뭘 하려고?

지금의 네 녀석한테 얘기할 만한 건 아무것도 없어.

우선 당장은…

……

흰 쥐 두 마리부터 잡아야겠어.

석방된 지 6년, 그러니까 소각로 사건 이후 7년이 지난 지금은

그랬구만. 역시 사람은 겉만 보고는 알 수 없다니까.

저런 모습으로 똘끼를 감추고 살고 있는 거지.

아무렴!

스겔리온 사제님! 지금 즉시 출입국 관리소로 와주시기 바랍니다.

!

응? 무슨 일이지?

어, 이봐! 가면은…

아하하… 보여줄게. 잠시만…

뭐야…

내기를 했으면 지켜야지…

타이밍 아주 좋았어!

일은 잘 해결하셨나요?

마무리 단계야.

정비는 모두 끝났습니다.

그래, 수고 많았어.

우읍!

왜 그래?

괜찮아?

속이 좀 메슥거리네.

뭐야? 갑자기…

이거… 게임에 너무 열중했나? 화장실에 좀…

그래서 내기…

큭… 이 자식! 잘도… 그래서? 이제 뭘 어쩔 건데?

자네가 마신 맥주에는 소리에 반응하는 액체 폭탄이 들어 있었어.

설정해놓은 문장을 읽어주면 바로 폭발하지.

뭐가 어째? 그따위 더러운 술수를…

휘

탁

뭘! 자네가 게임에서 이겼던 방법 같은 거지 뭐.

비… 빌어먹을! 발락의 지시냐?

새삼스럽긴… 내 얘길 듣는 동안 시치미 떼는 자네 연기는 정말 훌륭했어.

잘 가, 테아르 군!

한 번 타깃은 우주 끝까지!

발락의 방식으로!

퍽

217

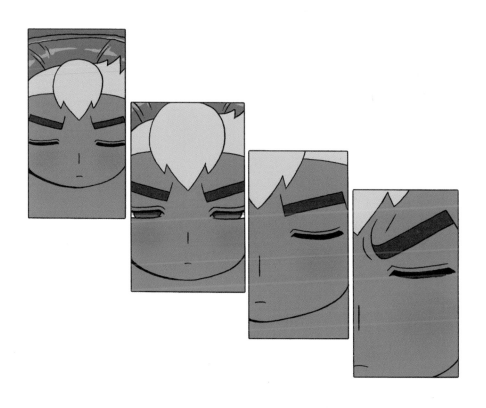

A.E.

행성 토류,
렝 수도원

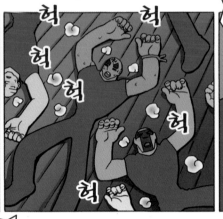

허
허
허
허
허
허

돼… 됐어! 나 안 해!
감찰대원이고 뭐고
다 필요 없어!

훈련받다가
죽으면 그런 게 무슨
소용이냐고!

아, 시끄러!
훈련 끝날 때마다
그 소리…
지겹지도 않냐?

평가 점수는
지가 제일
높으면서…

하아아…
그래도 오늘은
오전 훈련만
있는 날…

뭇시엘!

뭇시엘!

뭇시엘!

……

아무래도…

삼촌이 이곳에서
날 죽게 하려는 게
아닐까?

탕

윤 사형!
큰일 났어요!

큰일?
제기랄! 오후에
비상 훈련이라도
있는 거냐?

차라리
날 죽여!

지난번 그 해병대
특수 여단 컁 놈들
또 마을로 들어왔어요!

!

222

이것들이
그렇게 혼쭐이
나고도…

나랑 끝까지
해보자고?

좋아! 이 자식들
전부 평면 구속한 뒤
갈갈이 찢어주마!

오늘 아주
끝장을 내겠어!

같이 갈 사람?

야! 야!

그래, 이번엔
뭘 걸겠대?

아, 그게…

자신들이 타고 온
전함을…

!

뭐? 전함?

푸핫하하하…

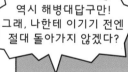

역시 해병대답구만!
그래, 나한테 이기기 전엔
절대 돌아가지 않겠다?

아주 마음에 들어!
기꺼이 상대해주지!

그럼…

턱

선배, 저도
갈게요.

223

하여간 빈 수레가 요란하다고… 별것도 아닌 것들이…

내 이것들을 한 1년간 땅속에 파묻어 놓을 거야.

저, 윤 선배…

응?

이 사람들 타고온 전함… 저 주시면 안 될까요?

푸하하하… 마! 그게 어디 한두 푼 짜린 줄 알아?

선배도 참…

조만간 사제로 복직될 제가 무슨 돈이 필요해요?

……

왜? 뭐 땜에 전함이 필요한데? 돈이냐? 사람이냐?

네 몫으로 얼마 떼주는 거라면 모를까, 아서라! 어차피 수도원으로 귀속될 거야.

그럼, 네 가슴에 박아놓은 그녀랑 관련 있는 거야?

……

수우웅

알았어! 원장님 모르게 처리해. 난 전혀 모르는 일이다.

… 네!

가… 감사합니다!

하이고…

그러니까…
데바가 깨어날 때를
대비해

그녀의
위시 리스트를
채운다?

아주 열부
났네! 열부
났어!

마!
그럴 기운 있으면
많은 연애 경험으로
사랑의 기술이나
익혀!

서툰 순정남
같은 거 여자들이
은근히 짜증
낸다고!

……

잘 들어,
멍청아!

사람들에겐
눈앞의 현실만
있을 뿐이야.

내가 무슨 의도로
어떤 노력을 했는지는
관심 없어.

자기 손에 주어지는
결과… 그뿐이라고!

상대가 자신을 위해
도둑질을 하면
화를 내지. 하지만

자기를 위해
도둑질조차 하지 않는
사람에겐 더 화를 내.
그게 인간이야.

제기랄! 내가 지금
무슨 얘길…

!

지금 그 얘기…

선배가
마을 하나를
통째로 품에 가지고
다니는 거랑 관계
있는 거죠?

으응?

무…
무슨 소리!

알지도 못하면서
함부로 넘겨짚지
말아줄래, 얼뜨기
순정남아?

에이,
맞네…

닥쳐! 네까짓 게
뭘 안다고…?

사람 때문이라니까
한두 푼도 아닌 전함을
선뜻 내주는 걸 보면
대충 감이 온다고요.

그럼
도로 압수!

예?
말도
안 돼!

줬다가
뺏는 게
어딨어요?

그러니까
닥쳐!

225

A.E.

1년 뒤,
태모 성탄제

Z용!

Z용!

Z용!

Z용!

Z용!

Z용!

Z용!

종단 홍보팀,
대체 뭐 하는
놈들이야?

이런 날
검은 사제단
후보생들한테

아, 진짜…

아이돌 공연
경호나 하라니…

무슨
소리에요?
선배, Z용이란
아티스트

정말 굉장
하다고요!

너 이 자식,
자원한 이유
솔직히 말해!

Z용이란 놈
납치해다가

위시 리스트
마저 채워 넣을
셈이냐?

!

맙소사! 누가
듣겠어요, 선배!

……

듣긴 누가
들어?

즈응

그리고…
마! 선배라니…

사제로
복직했으면 이젠
사형이라고
불러야지!

네, 선배!

……

231

마리오네트

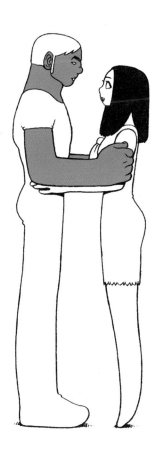

241

텅

퍽

타 닥

이렇게 차도 한가운데 놓여 있다간 더 큰 사고가…

저런! 뺑소니…

우선 보도로…

치 익

치 익

치 익

치 익

툭

텅

후우우…

수 웅

후후… 사실은 오늘 일부러 오전 근무로만 일정을 짰지.

어서 가서…

네, 많이 파세요.

응?

게다가 연기까지…

뭐지? 저 하얀 컨테이너는?

천컹

엇!

뿌뿌뿌뿌

뭐야? 대체 무슨 일이야?

녀석의 몸뚱이는 지금 네 컨테이너를 물고 상승 중인 내 배의 식탁에 있어.

팟

안녕, 드웨이트 군! 나야, 바헬!

바… 반장?

여긴 네 눈에 띄지 않을 만한 숲 속이지.

택배선들은 네가 오기 전에 미리 자동으로 세팅해뒀어.

내 컨테이너 위에서 타고 있는 건

네 이브의 머리야.

햇빛에 노출되니까 정말 잘 타네.

243

왜? 이미 죽은 여자···

또 죽을까 봐 그랬니?

시체를 가지고 다니는 거 말이야···

네 고약한 취향도 오늘로 끝이라고!

끄륵···

이···

사연이야 어찌 됐든 처음부터 불길하고 재수 없었어.

이스멜라···

좋아! 숨통이 완전히 끊겼군!

이로써 내 할당량도 모두 끝났어.

덕분에 나도 이제 자유의 몸!

잘 가, 드웨이트! 이제 저승 가서 못다 한 사랑 실컷 하셔!

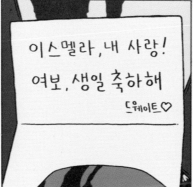

이스멜라, 내 사랑!
여보, 생일 축하해
드웨이트♡

3권 마침.

DENMA 3

ⓒ 양영순, 2015

초판 1쇄 발행일 2015년 1월 21일
초판 6쇄 발행일 2023년 3월 24일

지은이   양영순
채색   홍승희
펴낸이   정은영
펴낸곳   (주)자음과모음
출판등록 2001년 11월 28일 제2001-000259호
주소   10881 경기도 파주시 회동길 325-20
전화   편집부 (02)324-2347, 경영지원부 (02)325-6047
팩스   편집부 (02)324-2348, 경영지원부 (02)2648-1311
E-mail   neofiction@jamobook.com

ISBN 979-11-5740-103-1 (04810)
       979-11-5740-100-0 (set)

이 책에 실린 내용은 2010년 7월 30일부터 2011년 1월 7일까지 네이버웹툰을 통해 연재됐습니다.